科／普／经／典　成／才／宝／典

中国科普作家协会　鼎力推荐

少儿科普名人名著书系　典藏版

SHAOER KEPU MINGREN MINGZHU SHUXI

U0740484

少年哥伦布

〔苏联〕维塔利·比安基◎著

王 汶◎译

长江出版传媒　长江少年儿童出版社

打开"科学阅读"这扇窗

成长中不能没有书香,就像生活里不能没有阳光。

阅读滋以心灵深层的营养,让生命充盈智慧的能量。

伴随着阅读和成长,充满好奇心的小读者,常常能够从提出的问题及所获得的解答中洞悉万物、了解世界,在汲取知识、增长智慧、激发想象力的同时,也得以发掘科学趣味、增强创新意识、提升理性思维,获得心智的启迪和精神的享受。

美国科学家、诺贝尔物理学奖获得者理查德·费曼晚年时曾深情地回忆起父亲给予他的科学启蒙:孩提时,父亲常让费曼坐在他腿上,听他读《大不列颠百科全书》。一次,在读到对恐龙的身高尺寸和脑袋大小的描述时,父亲突然停了下来,说:"我们来看看这句话是什么意思。这句话的意思是,它是那么高,高到足以把头从窗户伸进来。不过呢,它也可能遇到点麻烦,因为它的脑袋比窗户稍微宽了些,要是它伸进头来,会挤破窗户的。"

费曼说:"凡是我们读到的东西,我们都尽量把它转化成某种现实,从这里我学到一种本领——凡我所读的内容,我总设法通过某种转换,弄明白它究竟是什么意思,它到底在说什么……当然,我不会害怕真的会有那么个大家伙进到窗子里来，我不会这么想。但是我会想，它们竟然莫名其妙地灭绝了，而且没有人知道其中的原因，这真的非常、非常有意思。"可以想见，少年费曼的科学之思就是在科学阅读之中、在父亲的启发之下，融进了自己的大脑。

DNA 结构的发现者之一、英国科学家弗朗西斯·克里克的父母都没有科学基础，他对于周围世界的知识，是从父母给他买的《阿森·米儿童百科全书》获得的。这一系列出版物在每一期中都包括艺术、科学、历史、神话和文学等方面的内容，并且十分有趣。克里克最感兴趣的是科学。他汲取了各种知识，并为知道了超出日常经验、出乎意料的答案而洋洋得意，感慨"能够发现它们是多么了不起啊"。

所以，克里克小小年纪就决心长大后要成为一名科学家。可是，渐渐地，忧虑也萦绕在他心头：等我长大后（当时看来这是很遥远的事），会不会所有的东西都已经被发现了呢？他把这种担心告诉了母亲，母亲安抚他说："别担心！宝贝儿，还会剩下许多东西等着你去发现呢！"后来，克里克果然在科学上获得了重大发现，并且获得了诺贝尔生理学或医学奖。

一个人成长、发展的素养，通常可以从多个方面进行考量。我认为，最核心的素养概略说来是两种：人文素养与科学素养。

前些年在新一轮的课标修订中，突出强调了一个新的概念——"核心素养"。

什么是"核心素养"？即学生在接受相应学段的教育过程中，逐步形成的适应个人终身发展和社会发展需要的基本知识、必备品格、关键能力和立场态度等方面的综合表现。核心素养不等同于对具体知识的掌握，但又是在对知识和方法的学习中形成和内化的，并可以在处理各种理论和实践问题过程中体现出来。

这里，我们不从学理上去深究那些概念。我想着重指出的是：

少年儿童接受科学启蒙意义非凡。单就科学阅读来说，这不仅事关语言和文字表达能力的培养，而且与科学素养的形成与提升密切相连。特别是，通过科学阅读，少年儿童的认知能力、想象能力和创造能力等都能得到滋养和发展，可为未来的学习打下良好的智力基础。

现代素质教育十分看重孩子想象力和创造力的培育。国家领导人也发出号召：要让孩子们的目光看到人类进步的最前沿，树立追求科学、追求进步的志向；展开想象的翅膀，赞赏创意、贴近生活、善于质疑，鼓励、触发、启迪青少年的想象力，点燃中华民族的科学梦想。

想象力、创造力的形成和发展，又与科学思维密切相关。早在一个多世纪之前的 1909 年，美国著名教育家约翰·杜威就提出，科学应该作为思维方式和认知的态度，与科学知识、过程和方法一道纳入学校课程。长期以来，人们一直也希望孩子们不仅要学习科学知识与技能，掌握科学方法，而且要内化科学精神和科学价值观，理解和欣赏科学的本质，形成良好的科学素养。

在所有的课程领域中，科学可能是发现问题和解决问题之重要性的最为显而易见的一个领域。科学对少年儿童来说具有其特殊的作用，因为可以从生活与自然中很巧妙地利用孩子们内在的好奇心和生活经历来了解周围世界。

今天的学校里，大多都设置了科学课程，且其重点和目标也由过去的强调传授基础知识和基本技能，转向了对科学研究过程的了解、情感态度和价值观以及科学素养的培养，以期为孩子们后续的科学学习、为其他学科的学习、为终身学习和全面发展打下基础。

除学校的科学课程之外，孩子们了解科学，通常主要是在家长的引导下开展科学阅读。这无疑也是培养少年儿童科学兴趣并提升其科学素养的一条有效途径，家长们应该予以重视，不要以为孩子们在学校里上了科学课，科学的"营养"就够了。著名教育家朱永新曾经把教科书形容为母乳，并总结出读书的孩子可以分为四种，值得我们深思：

一种既不爱读教科书，又不爱读课外书，必然愚昧无知；

一种既爱读教科书，又爱读课外书，必然发展潜力巨大；

一种只读教科书，不读课外书，发展到一定阶段必然暴露自身缺陷和漏洞；

一种不爱读教科书，只爱读课外书，虽然考试成绩不理想，但是在升学、就业受阻后，完全可能凭浓厚的自学兴趣，另谋出路。

这番总结似可昭示我们，阅读能力更能准确地预测一个人未来的发展走向，同时显出了课外阅读的重要性。这样看来，读物的选择与阅读的引导就非常关键了。

"昨天的梦想，就是今天的希望和明天的现实。"许多成就卓著的科学家和科技工作者，都是在优秀的科普、科幻作品的熏陶与影响下走进科学世界的。好的科学读物可以有效地引导科学阅读，激发读者的好奇心和阅读兴趣，乃至产生释疑解惑的欲望，进而追求科学人生，实现自己的梦想。

为致敬经典、普及科学，长江少年儿童出版社在中国科普作家协会的指导和支持下，精心谋划组织，隆重推出了"少儿科普名人名著"书系，产生了广泛的社会影响：入选国家新闻出版总署2009年（第六次）向全国青少年推荐的百种优秀图书，荣获第二届中国出版政府奖图书奖。此次全新呈现的典藏版，除了收录老版本中的经典作品外，还甄选纳入一批优秀的科普作品，丰富少儿读者的阅读。

书页铺展开我们认识世界的一扇扇窗，也承载我们的梦想起航。愿书系的少年读者们，在阅读中思考，在思考中进步，在进步中成长！

尹传红

$\mathscr{C}ontents$ · 目录

第一个月

学会宣布成立

名字的来历　为什么他们是"少年森林生物学家"　祝诗

春分前一天晚上,风雪大作。狂风在小巷里顽皮地打着呼哨,把一团团湿漉漉的雪抛在窗玻璃上。行人顶着潮气扑面的寒风走路,缩脖曲背,两手按牢竖起的大衣领。

天色将近黄昏了。

在《森林报》编辑部明亮温暖的房间里,一只身段苗条的黄色小鸟,放开喉咙大唱。它的笼子悬在窗口,它发出一大串长长婉转动听的颤音,欢迎走进屋里的少年森林通讯员们,好像在等待他们走到鸟笼前,还给它早已失去的自由。

这天,高年级生——少年森林生物学家小组的组员们——在《森林报》编辑部聚会。他们一共有十一人:五个男孩子,五个女孩子,还有一个指导员。这十一个与会的人,经过讨论研究,郑重其事地宣布了"少年哥伦布学会"的成立。

这名称是孩子们自己想出来的。

为什么叫作"学会"呢？因为这是在课外时间自愿参加的一种小组活动。为什么他们是少年哥伦布呢？因为这学会的全体会员，都是发现新大陆的人，起码是想成为发现新大陆的人。

有人问，我国的国土早已被发现，一切都早已被人研究个烂熟，在我国怎么还可能有发现新大陆的哥伦布呢？

"不，话不能这样说！"少年哥伦布们异口同声地回答，"重要的，不是被发现的东西，而是谁，为了谁而发现。

"比方说，美洲是哥伦布发现的。他是意大利人，为西班牙效劳，他是旧世界的居民，为他的旧世界发现了新世界——美洲。可是，对美洲的老住户印第安人说来，美洲始终是旧世界，即使哥伦布发现了它，也丝毫没使它变新。相反，我们的旧世界，那时对他们说来，倒是个完全不知道的新世界。

"有一种枯燥无味的人，对于他们说来，一切新事物都是旧的；我们可不是那种人，对于我们说来，一切旧事物都是新的。而且我们的国家地大物博，不论发现了多少事物，也不会是全部。如果说，我们的国土已经被老住户们疲倦的眼睛看腻了，成了司空见惯的，因此也就好像变得没意思了，那么在我们纯净、锐利的眼睛前面，在我们爱好探索的智慧前面，它将是一个十分新鲜、美妙而神秘的世界。我们觉得这世界的一切都是崭新的，什么都妙不可言，什么都是秘密。所以说，我们是我们国土上真正的哥伦布。

"现在还得解释一下，为什么我们不称自己为'少年自然科学家'，而称自己为'少年森林生物学家'？

"简单得很！你随便到哪个少年自然科学家小组的活动场所去看看，就会在那里看见圈着鸟儿的笼子、养着各色各样小兽的笼子、装着壁虎和蛇的笼子、盛着鱼儿的鱼缸、关着昆虫的匣子、栽着花卉的花盆，甚至有一间间种满了蔬菜的温室。少年自然科学家们照料动物，对植物做米丘林试验，培育出很大很大的蔬菜和水果，在生物角、特备的实验室和菜园、果园里干活儿。少年自然科学家是少年农艺师、少年家畜饲养员和少年园艺家。

"这些事情都有趣得很，又有益，又需要去做。不过，这只是一部分工作。另一部分工作，是考察，或者说是清点和深入研究我国野外条件下的、森林条件下的、自然条件下的——而不是笼子里的，也不是实验室里的——野生动植物。

"我们的小组是直属于《森林报》的，因此，我们主要的任务，是在森林里工作：用锐利的眼睛观察动植物在自然条件下的生活，研究森林里的野生自然。

"所以说，我们是研究者，是侦察员，是少年森林生物学家。"

在学会的第一次大会上，大家当场就作出了决定：学校放假后，全体会员立刻出发，到一个"熊角落"去，用科学观点和艺术观点（在会员们之中，还有一位女画家和一位诗人呢）来考察它。会议决定，下一次开会时，在地图上选择一个目标，而且拟订一个详细的考察计划；以后不论有什么新发现，都随时写报道寄给《森林报》编辑部。

这刚刚成立的少年哥伦布学会的会员们，一想到即将到来的一次旅行，不由得狂喜起来，感觉有必要立刻派人去买棒冰，而且吃些茶点。

淡黄色头发的咪萝奇卡自告奋勇去买棒冰,举止活泼的沃洛嘉愿意陪她去。不过,外面这么大的暴风雪,可不容易在街头找到棒冰呀!

电炉上的茶水已经烧开了,人缘顶好的蕾茉奇卡,跟水银一样好动的朵兰和胖乎乎、爱幻想的良烈奇卡三人,已经在编辑部的桌子上摆好了砂糖罐、玻璃杯和小茶碟。

热情的猎人尼古拉,已经跟和山一样镇定的大力士安德烈争论着列宁格勒附近最好的"熊角落"在哪儿,两人一齐去找少年森林生物学家小组长(刚选出来的学会会长)评理。可是派去买棒冰的人还没回来。

爱吃糖果的胖子巴甫鲁沙悄悄打起瞌睡来了;小诗人施拉甫米尔已写成一首五行诗;手疾眼快的女画家茜格丽德给每人画了一幅速写像。这时候,咪萝奇卡和沃洛嘉才奔进屋来,脸蛋儿冻得通红。于是,"宴会"开始了。

大家一同起立。火红头发的施拉甫米尔朗诵了刚作的五行诗——祝诗:

> 哥伦布万岁!
>
> 新世界万岁!
>
> 向他致敬,致敬!
>
> 敏锐的眼睛和智慧,
>
> 我们要保留到一百岁!

接着,大家互相道贺,开始从小木棒上啃那凉得冰嘴的棒冰,就着茶往下吞。

少年哥伦布学会的第一次大会就这样结束了。

第二个月

谁也不知道的大陆

考察前的准备：走狐步、学鸟语、用什么名字打招呼

女孩子们意外地变成了音符

学会第二次开会的时候，小组长拿来一张诺夫哥罗德州的详细地图，指着地图上的雷索沃村给大伙儿看。他在那儿住过一个夏天，现在他提议选那个地方做考察基地，或者说据点，少年哥伦布们可以住在那儿，从那儿开始做科学和艺术研究工作。

"这是一个圆规，"他说，"我把圆规的一只脚戳在代表雷索沃村的点儿上，把另外一只脚拉开3度，也就是3千米，画一个圆圈。这圆圈的半径等于3千米，我们认为我们完全不知道圆圈内的情况。就算这地方是个新世界，是咱们要去发现的美洲。咱们这圆圈里有：1.针叶树林——一片顶好的松树林；2.混合树林——一小片真正的密林，跟瓦斯聂佐夫画的那张'伊凡王子和玛丽亚公主骑在灰狼背上'的画

一样;3.一小段乌金卡河,这条河的一边岸是陡峭的,另一边岸很低——这里春天当然也被泛滥的春水淹没;4.一小片刈草场;5.田地——小面积的,像诺夫哥罗德州别处一样;6.一小片潮湿的丛林和一个非常有意思的湖——深渊湖,这湖不大,水也不深,但是湖里有许多树木丛生的岛。"

少年哥伦布们当时就开始热烈地讨论,应该给他们未来的美洲——就是他们将要去发现、用科学观点和艺术观点去研究的那块划在圆圈内的地区——取个什么名字。

"我想叫它……"安德烈拉长声音出神地说,"Н.3.^①。"

"笑话!"尼古拉扑哧笑了出来,"'H.3.'是军事术语'不可动用的储存品',我们怎么啦? 根本不打算碰这块地方吗?"

"也许安德烈想叫它新西兰岛吧?"女画家茜格丽德用挖苦的口吻插嘴说。

"不对,一定是'不平凡的谜'。"蕾茉奇卡替安德烈辩护道。

"去你们的吧!"安德烈一挥手,"'H.3.意思就是'新大陆',或者是'没人知道的大陆'。"

"好呀! 有道理!"小组长说,"不过,我们还得稍微修改一下,把字母倒个个儿,叫它'3.H.',大家同意吗?"

"行!"少年哥伦布们异口同声地回答,跟着立刻议决:从各个方面来考察"新大陆",探明那里有一些什么秘密,有一些什么谜。为了这个目的,首先得编个当地居民的详细名单,也就是说,记下那儿有

---

① 俄文字母,读作"爱能,则"。

些什么树木、什么飞禽走兽。小组里恰好有些熟悉当地居民的专家。于是，根据每个人的专长，组织了四个考察队。

鸟类考察队——研究飞禽；队员有蕾茉奇卡、安德烈、猎人尼古拉和咪萝奇卡。

兽类考察队——研究走兽；队员有良烈奇卡和猎人符拉基米尔（沃洛嘉）。

林木考察队——研究树木；队员有巴甫鲁沙和朵兰。

诗艺考察队——或者艺术考察队；队员有女画家茜格丽德和诗人施拉甫米尔。诗人答应大家，在一个夏天里写整整一小本诗，就给这诗集取名叫作"新大陆"。女画家答应为诗集画插图。

猎人尼古拉和沃洛嘉提出一项建议：

"我们大多数人都是研究鸟兽的，所以我们都应该先受一番训练，免得把森林里所有的鸟兽都吓跑。首先，我们得学会'福克斯·特罗特'[①]。"

"这可新鲜！"蕾茉奇卡提出抗议，别的女孩子也帮腔，"那些美国式的舞，什么各式各样的阿飞舞，咱们可不想学！"

"不是的！"沃洛嘉连忙解释，"说的不是那码事儿！'福克斯·特罗特'，就是'狐步舞'的意思。学会走狐步，就是学会悄没声儿地在森林里走路，学会高高地抬脚，学会看准地方再把脚往下放，学会不做任何多余的剧烈动作，学会在一个地方停住不动——总之，要学会像狐狸一样行动。要不，森林里所有的动物就会藏的藏、躲的躲，闹得咱们

---

① 一种交际舞的名称。

既瞧不见鸟儿，也瞧不见兽类。第二件事，是得学会说鸟话，因为在森林里我们不能吵吵嚷嚷，也不能大喊大叫。现在，我们就要提出我们的鸟语学来供大家参考。——这是我和尼古拉在树林里打猎时用的，听着！"

于是沃洛嘉开始吹口哨——一会儿短，一会儿长，他随时说明，哪一种声音属于哪一种鸟。

他说：

"比方说，我们现在在森林里走，彼此离开一段路——说一句行话：在用散兵的方式搜索森林时，为了彼此之间经常保持联系，免得走失，得连续不断地吹口哨，和左右两边的人打招呼。口哨的音调是：'喊——薇！喊——薇！'意思是：'来了！来了……'

"忽然间，我们之中的一个人，发现前面有个目标，得通知别人，把队伍停住，让大伙儿都站着不动，免得把那东西吓跑，得好好研究一下，那藏在前面的玩意儿是什么。这时候，就发出'停'的信号——模仿鸦的叫声，吹起低低的、时断时续的口哨：'特呜喊！'

"在这种情况下，你们如果需要知道，为什么发出'特呜喊'的信号，为什么要停下来，你们就用碛鸟的声音问，这种口哨，听起来简直像一句问话：'喊——薇——喊——薇呜？喊——薇——喊——薇呜？'

"回答——如果是野兽，就轻轻吹一声低音的口哨，类似这样的声音：'呜呜喊！呜喊——呜喊——呜呜喊……'

"如果是飞鸟，就吹高音的口哨：'薇喊——依喊——依喊——依喊……'

"如果是人，吹拉长的口哨，声音好像从下向上扬似的——下面

一声是'富鸣',上面一声是'丽特'。这是麻鹬的叫声:'富鸣——丽特!富鸣——丽特!'

"最后一个信号——如果需要让旁边的人过来,说:'你来!'就模仿金莺的横笛般的尖叫声:'菲鸣——丽鸣!菲鸣——丽鸣!'

"这就是全套学问。"沃洛嘉结束了他的讲课。

"不,等一会儿!"尼古拉说,"我认为,在森林里,有时也还是需要喊人的名字。可是,我们这些人的名字,都长得要命。应该把每人的名字都缩短到一个音节。对于鸟兽的听觉说来,一个元音字母顶多是'注意!'之类的警报。它们竖起耳朵来仔细听,不过,并不逃走,也不飞走,等着那声音重复。所以呀,得把我们的名字都缩短到一个音节。我们就这么彼此称呼,免得在森林里需要彼此招呼的时候搞错。"

这个建议也通过了。于是,大家的名字被缩短了。安德烈变成了安德;尼古拉变成了柯尔克;沃洛嘉变成了沃甫克;施拉甫米尔变成了拉甫;巴甫鲁沙变成了巴甫。这下子,大伙儿全乐了,因为巴甫鲁沙是个蔫性子,从来没痛痛快快说出过一句话:遇事总是翻来覆去地考虑,然后再慢吞吞地一个字一个字往外挤,能把对方急死。

轮到缩短女孩子的名字时,沃甫克忽然大叫起来:

"同伴们,我头一个发现了美洲!你们这些女孩子马上都要变成音符了:朵兰变成朵;蕾茉奇卡变成莱;咪萝奇卡变成咪。"

"我变成良。"良烈奇卡接着说。

"我变成茜。"女画家茜格丽德也同意了。

"好吧,至于我们的小组长,我们还是给他两个音节吧!"安德提

议道，"为了表示尊敬起见，我们根据名字和父名来给他取名字。就让他叫作达尔·亭吧，同意吗？"

后来，大家就开始练习走狐步和说鸟话。

学会变成一个小小的学校。

第三个月

出　发

熊角落　杜鹃的建议　碛鸟的窠　开始做试验　谈心
室的成立

幸福的一天来到了，少年哥伦布学会全体会员，在年纪顶大的两个人——安德和莱——的率领下，上了火车。

每人都从自己身上卸下一个塞得鼓鼓的背囊。柯尔克和沃甫克还一人带了一支猎枪。这也就是他们的全部行装。

火车走了一夜，第二天早晨，少年哥伦布们刚刚漱洗完毕，就唱起他们快活的学会会歌：

我们前进，前进，前进！

走向遥远的地方！

唱着，唱着，火车到了针叶站，少年哥伦布们在这里下了火车。

他们查了一会儿地图，又向当地居民打听了到雷索沃村去的道路，然后兴高采烈地顺那条路大踏步走去。

路很远，足足有 25 千米呢！前 15 千米，他们走得挺快，一边走还一边唱。是个清新的早晨，路穿过针叶林。有两次，树木向两旁让开，旅人们沿着桥筏——用圆木铺成的小径——走过早已长满青草的小片死湖。只有一次，他们在途中碰见一小队集体农庄女庄员。这些人一人捎着一根棍子。原来第二天站上过节，妇女们光着脚往那儿走，把漂亮的衣裙和鞋子挂在棍子上。

再往前，是田野和小溪，小溪旁有一座村庄。少年哥伦布们在这里第一次小憩，把又甜又香、浓得像乳脂似的牛奶喝了个够。再往前，路就难走一些了，不过，在中午炎日当空的旷野里，虽然晒得怪不好受，但是没有一个人叫苦。

第二个村庄，在道路两旁铺展差不多有 1 千米。在这儿不得不第二次小憩，因为胖子巴甫一屁股坐在井边的板凳上，说什么也不肯走了。井边有个牌子，上面写着：

> **此处严禁饮马**

"我……又不是马！"胖子怨气冲天地说，"我没有……义务一口气走 100 千米路……我得喝点井水……喝饱了……歇够了……我才能走。"

"依凡努希卡老兄！①"柯尔克尖酸地挖苦他说，"小心点，你喝

---

① 俄罗斯民间故事里的人物。

了这水，可别变成一只羊！唉，瞧你这胖劲儿，也说不定会变成另外一种动物。"

可是软心肠的良放下吊桶，给巴甫从井里打出点水儿来。胖子喝够了，又坐在那儿休息一会儿，于是少年哥伦布们又接着往前走。

过了这座村庄，又是树林，但已不是枞树林，而是车站附近的那种混合林了。里面，苍白的古老枞树和银色树干的白杨、高大的白桦掺杂在一起。不知道怎么一回事儿，谈笑风生的气氛不知不觉就沉寂下来了。这儿是"新大陆"的"要冲"哩！达尔·亭在这儿迎接他们。又过了不大一会儿，疲劳的旅人们就进了雷索沃村。达尔·亭把他们安顿在两所小空木房里——一所是给女孩子们住的，一所是给男孩子们住的。

这儿头一件使少年哥伦布们感到惊奇的事，就是周围环境十分宁静——这对城里人说来，是很生疏的。听不见电车的喧闹声，听不到人群的嘈杂声，也没有飞机在头上嗡嗡响，连远处电动车头的汽笛声都听不到。少年森林生物学家们觉得自己是真的走到一个没人知道、没人发现过的地方来了——这地方离他们居住的城市，总有几千千米远吧！

公鸡的喔喔啼和母牛的哞哞叫，丝毫不能破坏这里的宁静。

"这是个真正的熊角落，"安德说，"对啦，顺便告诉你们（不过，这话不该当着女孩子的面说），刚才在密林里，就是往这儿走的那条路上，我看见一些被熊挖开的蚂蚁窝。"

女孩子们异口同声地说，她们才不怕什么熊呢。

"这样才对，"达尔·亭说，"希望不久就能让你们认识这只破坏蚂蚁窝的熊。等你们认识了它，就可以知道，根本用不着怕它。"

"当然没什么可怕的，"沃甫克忍不住要在女孩子们面前显示一下他的博学，"因为这些挖蚂蚁窝的狗熊什么的，个儿根本不大。"

达尔·亭瞅了他一眼，想说什么，话到嘴边又咽了回去。

第二天早晨，达尔·亭率领少年哥伦布们在"新大陆"领域内巡视一周。这就花去了大半天工夫。他们看见什么都喜欢得要命：潺潺流着的小溪，一小块真正的密林，风平浪静的湖，湖上有长满树木的小岛峙，秋种黑麦已长得很高的田地，树干高大、肃穆的松树林，树枝上有棕色的小松鼠跳来跳去。

拉甫说，这些匀称、挺拔的树干，使人联想到一个幻想中的海洋港口，全世界的帆船都聚集在这里，船桅密密麻麻，像一片树林子。他当场作了一首小诗——据他自己说，这只是些有旋律的句子罢了，因为不押韵：

> 船桅像树林子，
> 针叶是绿色船帆。
> 我看见棕色小水手的大尾巴，
> 在帆桁上闪现。

"我在编写新大陆土著的名单的时候，首先就记下了你的棕色小水手，"兽类考察队员良笑眯眯地说，"因为它们是咱们在这儿看见的第一批哺乳动物。"

"是呀，你们居民的居住密度可不算大，"咪插嘴说，"我们研究鸟类学的，今天一早晨就记下了37种有翅膀、有羽毛的土著。够多吧！"

"没什么,我们的工作还在后面呢。小土著们看见我们都躲起来了。不过,我们的当然不会有你们的多。"

这当口,女孩子们听见一阵像金莺叫的啸声,就向达尔·亭走去。只见达尔·亭站在一棵大灌木后,正招手叫她们过去。

"我答应过让你们看看破坏蚂蚁窝的狗熊,"他神乎其神地低声说,"喏,你们瞧!"

咪和良吓得差点嚷出来。前面一棵松树下,有一只毛茸茸的大野兽,站在一个很高的蚂蚁窝旁。他用两只后脚站了起来,这时候,女孩子们才看清楚,这根本不是野兽,而是个身材高大的老头儿,穿着一件翻毛羊皮短袄。他挺直了庞大的身躯,扔掉手里的一根树枝,抖落爬在身上的蚂蚁,从地上拎起一只装得满满的口袋,捐在背上。在这样做的时候,他扭了一下头,于是女孩子们瞅见了他那胡子拉碴的脸——活像画儿上森林妖精的脸。后来,老头儿就蹒跚地向树林深处走去了。

"这是90岁老爷爷布列多夫,"达尔·亭解释说,"这里人都叫他是布列德老爷爷。他从前是森林看守人,现在耳朵完全聋了,走起路来连脚也几乎拖不动了。现在他给自己想出一种工作:一天到晚在树林里拖着脚步走来走去,找野蜜蜂(这是诺夫哥罗德人的一种古老的职业)和收集蚂蚁蛋。农村里的小孩称呼蚂蚁蛋是'炸包子'。"

"那小蚂蚁怎么办呢?"软心肠的良担起心来了。

"蚁后产下新的蛋,工蚁很快把受到破坏的蚂蚁城修理好。在一个夏天,布列德老爷爷从来不把同一个蚂蚁窝破坏两次。"

傍晚,疲倦的少年哥伦布们在草莓山上集合。草莓山是他们给一个树木丛生的小山取的名字,这座小山上开满了雪白的草莓花。

这时,飞来一只杜鹃,落在一棵高大白杨的树枝上,就在他们头上叫起来了。

"布——谷!布——谷!布——谷!布——谷!"它叫了又叫,叫了又叫,仿佛想祝少年哥伦布们每人都活上100岁似的。

"我觉得,这家伙费了九牛二虎之力,想把它的一个主意解释给我们听,"达尔·亭笑了笑,说,"在雄杜鹃这样叫的时候,雌杜鹃悄悄地飞到别的鸟窠里去,叼出一只鸟蛋,然后把自己的蛋下在那个鸟蛋原来的地方。在大多数情况下,鸟窠的主人并不把杜鹃蛋推出去,而是把它连同自己的蛋一起孵出来,然后把这只贪嘴的小杜鹃喂大。这主意可太好啦!这说明:一种鸟可以顺利地喂大另外一种鸟的雏鸟。人为了自己的经济需要,差不多还没有利用过这种方法,顶多,也只是偶尔让母鸡孵几只小鸭,要么,让母鹅孵几只小吐绶鸡。比方说,为了某种原因,我们需要在这儿繁殖某几种鸟,那么,我们就把这些鸟的蛋,放在野鸟窝里,怎么样?杜鹃的这个主意,或者说杜鹃的建议,给我们打开了内容非常丰富的活动余地。"

"第一,"一向什么都热烈响应的莱跟着说,"如果有一对鸟父母,还没把雏鸟孵出来,就碰到意外死掉了,就可以用这方法来挽救雏鸟。"

"第二,"性喜安静、爱冥想的安德也表示拥护,"可以从国外采购成箱的鸟蛋(什么加利福尼亚鹧鸪蛋,或者极乐鸟的蛋),用喷气式飞机运来,让我们这儿的鹧鸪或者松鸡来孵。"

"走啊!"性情急躁的柯尔克跳起来说。

"上哪儿去?"少年哥伦布们惊讶地问他。

“当然是放鸟蛋呀！最大规模地去实现杜鹃的建议。”

“你这人……可太……太机灵了！”巴甫先从地上跪了起来，然后站起来，懒洋洋地说。

走在路上时，安德说：“我们首先得搞明白：是不是随便什么种类的、大小差不多的鸟蛋，都可以从一个鸟窠搬到另外一个鸟窠里去？新地方会不会收留它们……然后……”

但是，说到这里，少年哥伦布们已摆开了“一字长蛇阵”，彼此隔开50来步远，开始搜索道路和小河岸之间的灌木丛。他们一边走，一边模仿山雀的鸣声，低声吹哨，彼此打招呼：

“喊——薇！莱！喊——薇！柯尔克！喊——薇！良！”他们随时整顿着队形。

只要从草丛或灌木丛里飞出一只鸟，少年哥伦布们就站住瞧瞧它在这儿有没有窠。

后来，只听见达尔·亭发出一个信号——鸭的不连贯的哨声：“特鸣喊！特鸣喊！特鸣喊！”他左右两旁的人，都把这信号连续传了过去：“停！”少年哥伦布们全站住了，仔细地听。

“菲鸣——丽鸣！”达尔·亭模仿金莺的啼声叫道。

“菲鸣——丽鸣！”“菲鸣——丽鸣！”“菲鸣——丽鸣！”这信号连续传了开去，于是所有的少年哥伦布轻轻地迈着步子，只不过一分钟的工夫，就都聚到达尔·亭身旁去了。

“这儿有个碛鸟的窠，”达尔·亭用小棍儿指指前面一棵稠李，低声说，“请你们挨个儿走过去，每人跟它说几句温柔的话。”

“干什么呀？”少年哥伦布们奇怪地低声问。

"也许我的想法是不正确的，"达尔·亭轻轻地说，"不过，我总觉得，鸟对人的声音并不是一视同仁的。它们害怕粗暴、严厉、凶恶的说话声。当然，它们怕的不是话的内容，而是说话的音调。可是，慈祥、好听、低声细气的说话声，就像平稳的动作一样让它们放心。你对鸟抱着什么态度，它可太明白了。每一只动物都能感觉出来人对它的爱抚。声音对它们尤其起作用，因为鸟类（当然特别是鸣禽）非常敏感而富于音乐感。"

少年哥伦布们挨个儿走到稠李树前，用手轻轻拨开树枝，向一只其貌不扬的浅褐色小鸟说几句好话。这只小鸟有点像雌麻雀，蹲在一只轻巧的小稻草窠上。

"我已经把它训练得不怕我了，"达尔·亭说，"每天我都到它跟前来，跟它说话。现在它已经不太怕人了。"

赶巧这时候，碛鸟忍不住从窠里飞出来，落在树枝上，露出窠里五个小蛋。这五个小蛋是浅蓝色的，大头上有黑斑。不过，它并没飞走，而是留在这里，发出一连串柔和的、躁动不安的叫声，很像受了惊的金丝雀的鸣声，仿佛在问："岂——依？岂——依？岂——依？①"

"自己人！自己人！我们不会欺负你的，"莱笑着回答，"你的蛋可真好看！"

这天，少年哥伦布们还打扰了碛鸟四次。头一个来的是莱，她拿出一个浅蓝色的蛋，把一个柳莺的带红斑的小白蛋放在稻草窠里。碛

---

① 俄文，这声音是"什么人？什么人？什么人？"的意思。

鸟眼瞧着她放的。

安德找到一个白颊鸟的窠，于是又拿出第二个浅蓝色的小蛋，搁进去一个带棕色小点儿的肉色蛋。女画家茜送来一个灰鸟的灰色蛋。

连性情浮躁的大个儿柯尔克，都像捧小草叶上的露珠似的，万般小心地捧来一个鹡鸰的绿色蛋，爱护备至地放到碛鸟的窠里。这么娇脆的小蛋，少年哥伦布们在把它们搬来搬去的时候，一个也没碰碎或压坏。

达尔·亭瞧着少年哥伦布们工作，心里很是高兴。他还记得，在他上学的时候，孩子们对鸟类抱的是什么态度。现在的孩子对鸟类的态度，跟从前的小孩子多么不一样啊！

不知为什么，那时候，女孩子对鸟窠根本不感兴趣；至于男孩子呀……咳！还不如让他们也别感兴趣吧！男孩子们能无动于衷地破坏成千上万个鸟窠。他们管这种行为叫作"收集鸟蛋标本"。有的人收集邮票，有的人收集鸟蛋。不过，收集的邮票会被保存下来，藏在娇脆蛋壳里的弱小生命却死去了。收集鸟蛋标本的人把可能成为生命的蛋黄和蛋白吹出去，只留下空蛋壳，过个一两年，兴头一过，空蛋壳也就进了垃圾桶。

现在，好容易有优秀的一代——少年哥伦布们——来给那无数不动声色地残杀生命的一代人接班了。少年哥伦布们是命中注定要爱生命、保护生命、不断发现生命的秘密的人。这些秘密，从前的男孩子们都漠不关心、视而不见。

第二天，少年哥伦布们发现碛鸟是个好母亲：它把别的鸟下的这些五颜六色的蛋,全部收留下来,开始耐心地孵它们。

少年哥伦布学会的全体会员——不管是专门研究什么的——都对"杜鹃的建议"入了迷。大家都去找鸟窠,给小鸟蛋搬家。少年哥伦布们预备了一些厚本子,详细记下:谁、在什么时候、从什么地方把鸟蛋搬到什么地方去了,后来结果怎么样。

过不久,就搞明白了:有的鸟是博爱的、能自我牺牲的母亲,可以信任它们,把别的鸟下的蛋交给它们去孵。有的鸟可相反,它们怎么也不愿接受别的鸟的蛋。比方说,有一只灰鹟,它的窠在一棵老松树干的浅洞里。往它窠里搁了别的鸟的蛋以后,一连三次,它都把那些蛋从自己窠里推出去了,第四天,它索性连窠也不要了,虽然那里面还躺着四个它自己的蛋。鸣禽之中的小猛禽——伯劳——感激涕零地接受了别的鸟的蛋……可惜当时它就把它们吃到肚里去了。

不过,少年哥伦布们也并不是只实行杜鹃的建议:每人都记得他自己的专业,都在编新大陆的各种土著的名单。鸟类名单增长得最快。森林土著的名单也在增长,虽然森林考察队员巴甫越来越胖,越变越懒,总是想缩短他自己到林中去活动的时间,幸而有朵在新大陆到处奔走,研究这块土地上所有大大小小的树林。有一回,她甚至意外地穿着衣裳在河里洗了个澡,为了折一根柳树枝——她对柳树特别感兴趣。

增长得顶慢的,是兽类的名单:世界上,各种四条腿的土著根本不太多——不能像不会动的树木或爱动的鸟类那样容易看到(鸟类正是以它们的爱动引人注意)。

早晨,少年哥伦布们起得很早,单独地,或两三人一组出发到什

么地方去。中午,他们聚到一起吃午饭;稍稍休息后,又分散开了,到吃晚饭的时候再集合。夏季白天长,他们可以做许多事情,尤其可以看到许多东西。每天,少年森林生物学家们在他们专业的工作中,都会碰到一些意外的事,到处发现莫名其妙的问题,简直没工夫去讨论。他们开始感觉,关于他们的新大陆,他们知道得越多,它也就变得使他们更加难解。

爱好哲学的拉甫说起俏皮话:

"喏,我们的美洲算是发现了,可是老也发现不完。我们挖掘得越深,发现的奇迹就越多。对于我们说来,秘密的迷雾是越来越浓了。在我们的大陆上,有些什么生物住在我们周围?我们的下面又有什么?"

柯尔克同意他的论调,说:

"可不是嘛!喏,我们来编本地动物的名单,我们清点、登记它们。可是这有什么用呢?每一种——甚至不是每一种,而是每一只本地动物,它的生活对于我们来说都完全是意想不到的。关于它,我们知道些什么呢?什么也不知道!是秘密。"

达尔·亭说:

"这样吧,我们提前一个钟头吃晚饭,吃完晚饭,马上在集会室集合。在那儿,我们彼此交换一下意见,大家都说说,在一天里面所看见的最有趣、最奇异或者不了解的事物。不过,得学会精确、简洁地讲,要不,时间就不够用了。"

少年哥伦布们把达尔·亭住的小房子叫作"集会室"。小房子里的板凳不够大家坐的,少年们就坐在两张大兽皮上——一张是熊皮,一张是麋鹿皮。这熊和麋鹿,都是达尔·亭亲自在阿尔泰山上打到的;夏天,他有时用这张皮,有时用那张皮当床铺,他睡在他的旅行睡袋里,把睡袋搁在皮子上。

少年哥伦布们喜欢在他们学会会长的小房子里聚会。这小房子是他们想象中的轮船上的集会室;这只想象中的轮船,就是他们想象中的发现者旅行所乘的轮船。他们舒舒服服坐在这间屋里的兽皮上。

"我要提出两个建议,"沃甫克说,"第一,把达尔·亭的集会室改称作'谈心室'。第二,宣布我们在谈心室里聚会的时候,举行讲故事比赛。"

"赞成!"少年哥伦布们一齐嚷了起来,"赞成达尔·亭的一项建议,赞成沃甫克的两项建议!"

"好极了!"达尔·亭说,"我只怕得发十个奖呢,因为所有人的观察都是顶有趣的呀!"

"咱们今天就聚会吧!"心急口快的朵上了劲儿,"再说,要下大雨了!"

"真的吗?"安德讥诮地笑了笑,说,"朵可真有两下子!你这天气预报是从天上气象台得来的吗?"

"你这人呀,"朵撇撇嘴说,"还算个鸟类学家呢!你没听见吗?今天从大清早起,梅花雀就在那几棵大白桦树上叫唤,像抽抽搭搭的哭泣声——它预报要下雨了。"

"胡扯,迷信!"安德冒火了,"这有什么人证明过?人家这么说,顶什么用!有些人硬说,还有一种什么小鸟,在下雨前,老是悲悲切切地叫唤:'皮七！皮——七！①'其实这不过是柳莺在它的窠旁焦躁罢了。我也提出一项建议:在谈心室的集会上揭穿所有的、各式各样的迷信、偏见和陈腐的观念。"

"非常对，"达尔·亭赞成道，"这些东西是我们每一个人都有的，所以我们首先应该根除我们自己身上的这些东西。根深蒂固的习俗和对各种现象不加批评的态度，都含有迷信的色彩。尤其是关于未来天气变化的预兆，我们都是从我们的祖母和外祖母那里听来的。"

"对啊！对啊！"安德一听可乐了，得意扬扬地瞅瞅朵。

"你高兴得太早了，"达尔·亭阻止他说，"我们还没讨论朵的说法呢。晚饭后讨论。"

晚上，在谈心室里，咪说:

"来，我们这么办。今天是星期日。以后，每次梅花雀那样哭哭泣泣地叫唤，我们都记在自己的笔记本里，同时记下:它们是在什么样的天气才那样叫的。下星期日，我们还是在这儿集会，解决一下，这个先兆正确不正确。"

少年哥伦布们都同意这样做，只有巴甫宣布他不记，因为他是个植物学家，没有义务去了解鸟类的鸣声。大家都没跟他争论。

后来，少年哥伦布们请他们的两位语言大师把在谈心室里讲的所有奇异事迹都记下来，加工后，编成一本书，由女画家茜来作插图。

他们的"语言大师"，就是诗人拉甫和打算当散文作家、并且写短篇小说的猎人柯尔克。每一个人都有许多想向朋友们述说的事，因

---

① 俄文,这声音是"喝水"的意思。

此，从这一天起，柯尔克和拉甫有了新的操心事：把大家在谈心室里讲的事情全记下来，编成小册子——用他们的话来说，这是为了"开导祖先和后代"。他们给这本小册子取名为《偶然事件集》。

为了编这本小册子，要做许多工作，一直到年底，他们才实现了他们的诺言。

因此，在这本书里，我们把那些故事刊载在描写少年哥伦布们一年的劳动和历险的后面。

季节是明朗的，白昼很长。一个人年轻的时候，做什么事情时间都够用。少年哥伦布们在谈心室里讲完故事后，就打排球玩，往"老家"写信。如果天气好，女孩子们在露台上坐到睡觉的时候，她们住的是有顶楼的小房子；男孩子们待在下面土墙上。

有的人干他的私事，有的人说笑话——笑语诙谐地从下向上飞来，又从上向下飞去。

拉甫把这样的一个晚上记载在诗里了：

> 太阳落到森林后，
> 月亮抽起了烟斗。
> 洼地里的小丘间，
> 小兔酿起了啤酒。
>
> 蚊虫跳起圆柱舞，
> 明天一定暖洋洋。
> 茜在房后画插图，

图上紫色影一片。

柯尔克要去夜行军，
他的饭盒叮当响。
小村庄已睡着了，
一只欧夜鹰在唱。

拉甫非常细心地倾听集体农庄庄员们的谈话，把他们所有的语汇都记下来。

"月亮抽起了烟斗"，这是云彩遮住月亮的意思。"小兔酿起了啤酒"，说的是洼地里的雾，从前诺夫哥罗德人自己酿啤酒，把烧得赤热

的石头放在盛着乡间啤酒的大锅里,峡谷里充满了从篝火中升起的烟。

也不知拉甫从哪儿看到这样一句话:现在,诺夫哥罗德方言是俄罗斯最古老的方言。

这里管黄昏后出现的鸟——蚊母鸟——叫作欧夜鹰。

第四个月

继续做杜鹃的试验

总管妈妈　比比希加和雏鸟　送给母松鸡的礼物　石
头下面的水　诗和自然现象　担忧

过了不久，鸟后娘在自己的窠里孵出了别种鸟的雏鸟。也有这
种情况：往鸟窠里放了别种鸟的蛋后，鸟儿一看蛋不像自己的，就把
它们推到窠外去扔掉。不过，如果一只有小黄嘴的、软弱无助的雏鸟
已经从蛋壳里钻了出来，哪怕它的模样长得再滑稽，鸟妈妈也不会欺
负它，不会拒绝去照顾它。在别种鸟的鸟窠里出世的雏鸟要东西吃，
大鸟就喂它们，也不管它们是自己的孩子，还是别的鸟的孩子。

往碛鸟窠里放蛋，非常顺利。娇小的鸟后娘孵出来五只雏鸟。后
来，它就和红脑袋、红胸脯的漂亮雄鸟一起，勤勤快快地抚养它们。每
当这一对碛鸟飞回窠的时候，五只小鸟就扬起脑袋来迎接它们。每
个小脑袋上都有一撮绒毛，小眼睛还没睁开，小脑袋在跟绳子一样纤

细的脖子上摇摇晃晃。三只雏鸟都生有薄薄的嘴,会吃昆虫,它们一只是鹡鸰,一只是斑鸫,一只是柳莺;两只雏鸟生有吃谷物的厚嘴,它们一只是碛鸟,一只是梅花雀。

不过,这五种不同的雏鸟,鸟爸爸和鸟妈妈都给它们喂青虫和其他软嫩的昆虫。因此,少年哥伦布们用不着担心碛鸟窠里的各式各样的雏鸟会活不长。

少年哥伦布们还把一种纤弱的小鸟——白鹡鸰——的蛋,放在普通麻雀的窠里,把麻雀蛋放在白鹡鸰窠里了。麻雀比一般鹡鸰早两天把小鹡鸰喂大,鹡鸰比·般麻雀晚两天把小麻雀喂大。等到雏鸟离开窝,越飞越远时,鹡鸰父母和麻雀父母都根据叫声认出了自己的孩子,所以双方的亲生父母都毫不费力地把自己的孩子召唤到自己窝里去了。

碛鸟的情形也是一样。它把别种鸟的雏鸟喂到了会飞以后,它们就都回到亲生父母那里去了。它亲生的孩子留了下来,在别种鸟的窝里哺育大的雏鸟,也都飞回来了。碛鸟就这样证明了它是个好母亲,同时说明了:在某些情况下,把一种鸟的蛋放在另一种鸟的窝里,对于大鸟毫无损害,对于雏鸟也毫无损害。

有的少年哥伦布亲自做了哺育雏鸟的人——他们直接从窝里掏出羽毛还没长齐的雏鸟,拿回家去抚养。

莱在女孩子里面年龄最大,她善良、严肃、整洁而有毅力,大家公认她是全体雏鸟的总管妈妈。她的雏鸟幼儿园里什么鸟都有:小鸦鸟、小红雀、大脑袋小伯劳、穿花衣裳的小啄木鸟,还有浑身上下像一团绒毛,却有猛禽的钩形嘴和凸眼睛的小猫头鹰。少年哥伦布们温柔地叫它们"鸟娃娃"。天蒙蒙亮，这些鸟娃娃就用表示饥饿的尖叫和喊声，把总管妈妈给吵醒了；总管妈妈再叫醒别的女孩子——保姆们。所有的雏鸟都能按时得到它们的一份早餐。吃饱了，连小猫头鹰都不欺负它们的小同伴儿了。少年哥伦布们从布列德老爷爷那儿买来蚂蚁"炸包子"，小猫头鹰得到的是小块儿的新鲜肉。

男孩子里面，只有安德一人参加了抚育雏鸟的艰难工作。这并没有妨碍他去广泛地研究"新大陆"。安德用白桦树皮制了几个轻巧的小盒子，缝在腰带上，一只小盒子里装蚂蚁"炸包子"，其余的小盒子装"鸟娃娃"，不动声色地把它们带到树林里去。从小盒子里一发出啾啾的叫声，安德就落在同伴们的后面，随便往哪个树墩上一坐，打开小盒子，用木头镊子夹了食物，往饥饿的小鸟大张着的嘴里塞。

这时候，柯尔克和沃甫克满树林乱跑，到处找鸟窝，安置小捕兽夹子，捕捉地鼠和那些住在枯叶下、草丛里，不易被人看见的小啮齿动物。他们往地里埋了一些很深的坛子，坛口和地面一般齐，坛子里放了食饵。不论干什么活儿，拉甫都积极地帮助他们，但是，有时候，他忽然一下子不知去向了。他躲开所有的人，躺在林间空地高茂的草丛里，或小河的陡岸上，用手支撑着脑袋，凝视着神秘的旋涡深处，或深邃的天空——那里有看不见的船只在缓缓地行驶，云是鼓起的帆；也凝视那郁苍的森林深处。在他沉思幻想的瞳子前面，有形形色色童话中的形象闪过。

当他猛然清醒过来的时候，惊讶地发觉已是黄昏了。他跳起身来，口中念念有词，按节拍挥着手臂，跌跌撞撞地赶回家去。同学们碰到他时，一看他那沉思的样子，立刻明白，他准是在半道上作诗了，就纠缠着他，请他把诗全部"抖落"出来，直到他开始朗诵为止。每逢这样的时候，女画家茜就赶忙找来纸和彩色铅笔，大刀阔斧地画素描，为他所作的诗句作插图。她白天画风景画，晚上往风景画上添加拉甫的诗里的形象。

"光画松树林里的松鼠，倒还好画，"她向女孩子们诉苦说，"可是他喜欢的那些主人公——自然现象——怎么画呢？你们记得吗？一天雨过天晴，他作了四句诗：

> 太阳回来了！
> 天上的清洁工人——风，
> 把空中扫得一尘不染，
> 然后躺下睡大觉。"

"茜，那你就画个清洁工人好了，"咪给她出主意，"不过，别画普通的清洁工人，画个真正的天上的清洁工人，有一把飘飘然的大胡子的。"

"也可以画他躺下睡大觉呀！"良帮腔说，"他躺在云彩上，大扫帚也掉了。"

"比方说，他还有一首描写小河边垂柳的诗：

> 河边好奇的垂柳，
> 有无数尖而长的舌头。
> 两岸上秘密数不胜数……
> 幸而垂柳不是长舌妇。

"还有另外一首描写风的诗：

睡莲在太阳下打瞌睡，

突然警报来——刮起一阵微风，

立刻在那睡意蒙眬的水面，

竖起了盾牌——绿叶一片片。

"还有一首：

从陡岸下钻出一阵风，

迭起了涟漪重重，

打了一声呼哨，

把红颈阿比鸟吓跑了；

在岸上把喜鹊推了一跤，

往天空一蹿——又往河里一掉，

深深地扎进浪花里去，

呛了几口水就不见了。"

"柯尔克一定能让我看看阿比鸟什么样儿，"茜说，"听说我们这儿湖里就有阿比鸟。喜鹊也算不了什么，周围要多少喜鹊，就有多少喜鹊。可是，那个把涟漪推着跑，把手指头塞在嘴里打呼哨的风，可怎么画呢？"

"你就按照莎士比亚作品里的形象画好了……"莱建议道，"李尔王向风说：'吹吧，风，吹吧，直吹到把两个脸蛋儿胀破！'插图上就画着一个鼓起两个腮帮子的怪脸。"

少年哥伦布们就这样，一个个帮助女画家想插图，还时常提醒诗人,他的诗里还可以加些什么形象,仿佛他们整个学会有一个诗的灵魂似的。

只有巴甫一人与众不同。自从朵把大堆的乔木和灌木枝叶拿回家里来以后,巴甫索性不再到树林里去了,成天往压板下的纸里夹树叶子,制造标本,搬来搬去的,把一张张纸编上号码。总之,他一天到晚干他自己那套活儿,他管那叫作"整理标本"。有一天,少年哥伦布们全体严厉地批评了他一通,说他们要用绳子把他拴上,带到树林里去。跑到这么远的地方来,只是为了吃饭,老守着餐桌不站起来,那何必还来呢?这时,巴甫竟大发谬论,把大伙儿闹得张口结舌。

"你们……那个……从早到晚忙得马不停蹄,累得……舌头伸得老长,可是谁也没发现什么东西呀!"

"难道你发现了?"柯尔克轻蔑地打断了他的话,"你们那部分工作,就是有什么新发现的话,也是朵的贡献,反正不是你的。你是一块推不动的顽石,这块石头底下连水也流不过去。"

"才……才不是呢……流得过去的!"巴甫得意扬扬地说,大大出乎人们意料,"我是实验室里的科学家,不是……那个……树林里的野孩子。我坐在一个地方不动弹……嘿嘿……干的事儿……也保管比活蹦乱跳的朵多。你们听说过一种'林荫树'吗?啊哈!不吱声儿!谁也不知道。所有的手册,我都翻遍了——哪儿也没有。没有这么一种树!这是我的发现!"

巴甫简直得意忘形了,连说话都不再慢慢吞吞,也不结结巴巴了。

"有意思,"朵感兴趣地说,"你在哪儿看见过这种树呢?"

"还……那个……没见过。听集体农庄庄员说的。如果离得近一点，我早就去看了。可惜是在米涅叶夫村，听说离这儿有18千米呢！是从前地主不知从哪儿运来的，也许是从非洲，也许是从澳洲。据说那树可高哩！含有大量的蜜，蜜蜂尽绕着那树转悠，嗡嗡地叫。那树可太好了，有蜜。供给大自然的食物——花蜜！"

"这么说，那不是当地的树啰！"沃甫克看到胖子的意外发现给了大家那么深的印象，他想把它冲淡，"既然是从澳洲运来的，怎能算当地植物呢？在我们亲眼看见那种树的树枝（哪怕是一根树枝）以前，我们是不能相信你的发现的。"

"那就更有意思了，"巴甫连看都不看他一眼，斩钉截铁地回答，"这是来自远方的'移民'。听说这树种到这边后，就大长特长起来，长得那样高——你一望树顶，帽子就会落地。百年老树啊！"

第二天早上，沃甫克带回来一只小獾，于是被巴甫的意外发现所引起的激动心情，一下子消失了。

在树林里，集体农庄的孩子们把一个獾洞指给沃甫克看。獾洞有许多出入口。沃甫克真够有耐性的。天不亮，他就爬到一棵树上，居高临下，盯着洞口望。他在树上待了好几个钟头，肚子饿得咕咕叫，一直守到中午，刚想下来，却看到一只母獾从洞里探出头，东张西望一阵子，又不见了……五分钟后，它从洞里钻出来了，嘴里叼着一只小獾。它把小獾叼到小丘上青草丛中一块沙地上（那儿正是阳光顶充足的地方），掉转头又回洞里去了。

沃甫克心想，一定是去叼第二只。可是，他不等它回来，飞也似的溜下树，奔到小獾身旁，一把抓住小獾的后颈，拔腿就跑。

沃甫克想把小獾送给咪，可是咪不要，她说她的爸爸妈妈准不许她在家里养这么一只小兽。等有了感情以后，反正还得把它送给动物园……这时，良正眼巴巴地看着沃甫克，沃甫克就把小獾送给了她。

良高兴得要命。起初，小兽对它的保姆认生，所以头几天，良的手指头老是用绷带缠着。一个不顺心，小獾就要请它的保姆尝尝它那小牙齿的滋味儿。但是，良多么坚强、勇敢而又有耐性地忍受疼痛呀！这真了不起！她不让伙伴们看见她的眼泪，也不让她们看见咬伤的手指头。她给小獾取名比比希加。她一下也没打过她的比比希加，连轻轻的一下都没打过。

"强迫教育会叫比比希加的脾气变坏的，"良解释道，"我的叔叔米沙——你们知道吧，他住在莫斯科，在四层楼上养了一只狐狸，《星火》杂志上还登过他的照片——他说，如果他当上部长的话，就一定让所有的幼儿园教师都先饲养一个时期小野兽，然后再教养孩子。他说，一般说来，所有的小孩子是一样的——不管是野兽的小孩子，或者是鸟的小孩子。对小孩子得爱，得有耐性，得坚持到底。米沙叔叔把他的狐狸教育得好极了，你们记得照片吗？狐狸是食肉兽，可是果戈理大街上的小孩子们把手指头塞在它嘴里，拉它的舌头，它也不咬他们。"

真的，两三天以后，小獾不但不再咬人了，而且让良抓它的鼻子，提它的后颈，把它拥在背上，甚至抛到空中去，跟它闹着玩。小獾对她十分信任了，过了不久，就对她恋恋不舍，像只小狗跟在她后面跑。

谈心室里的集会还在继续举行。第一次集会后，过了一星期，达尔·亭和少年哥伦布们一起吃过晚饭后，就带他们向他住的小房子走去。走到跟前，他简直不认得那地方了——门廊上，挂着很宽的一

条横幅,布上写着几个大字,每个字差不多有 70 厘米(约 1 俄尺①):

少年哥伦布学会

谈心室

屋子里面贴着彩色标语:谈心室里的埋葬偏见会。

标语下面画着几只五颜六色的手,一些可怕而引人发笑的脸,脸上戴着强盗戴的那种半截面具,手正在往下扯面具。

达尔·亭不解地把两手一摊。可是女画家茜立刻向他作了一番解释,她为自己的创作自豪呢!

"这是反对偏见的一种运动。今天是星期日,我们大家都来念念关于梅花雀哭泣的笔记。古老的偏见认为每逢变天以前,梅花雀就哭声哭调地叫,我们今天就来把这个偏见打倒。我连棺材都预备好了。"

茜把一张纸铺在达尔·亭的桌子上。纸上用黑墨画着一口棺材,棺材盖撂在一旁,背面写着:"梅花雀哭声哭调地叫——要下雨。"

只读了柯尔克一人的笔记,笔记里写着,这一星期内只下了一场雨,下的时间很短,可是,梅花雀每天哭声哭调地叫——早晨叫,中午叫,晚上也叫。少年哥伦布们各自看了自己的笔记本,异口同声地证实了柯尔克的观察记录。这时,集会的女主席莱发言,说:"大家都明白了:七天内有六天,梅花雀是在晴天、阳光充足的时候哭声哭调地叫。这说明:它的这种叫声,不能成为阴天下雨的先兆。我们把这迷信的说法给埋葬掉吧! 这说法的荒谬性,已经用统计的方法证明了。给它送终! "

朵在达尔·亭背后举起小拳头,恫吓了一下安德。茜立刻用墨

---

① 1 俄尺等于 0.711 米。——编者注

把打开的棺材盖涂黑了,补画上一个盖着的棺材盖,然后郑重其事地把画撕掉。集会继续进行。

到 7 月 20 日,鸟儿做窠的季节结束了,差不多所有的鸟都孵出了雏鸟。忽然,咪和莱从树林里跑了回来,争先恐后,兴奋地报告,在林边一棵灌木下,找到一个松鸡窠,窠里有五个蛋。

"怎么回事儿呢?"莱惊讶地说,"打猎的季节快要开始了,松树林里所有的野禽,刚下完蛋,忽然天气大冷一阵,蛋全冻坏了。第二次又是这样,又下了一批蛋,蛋又都冻坏了。这只松鸡一定是第三次下蛋。好得很,正对我们的劲儿——我们在这件事上也可以试验一下杜鹃鸟的建议。"

达尔·亭到家禽栏里去,把一只抱窝的花母鸡从窝里撵出来,从它身底下掏出一个蛋。莱和咪跑到树林里去,把这个白鸡蛋放到黄褐色的松鸡蛋一起,拿出一个松鸡蛋。

她们把松鸡蛋拿回来一检查,是个没有胚胎的无精卵。

咪说:"我听见我们那只花母鸡的蛋里,已经有小鸡在唧唧地叫!"

"是的,很有意思!"达尔·亭说,"不知道结果会怎样?松鸡窠里的那个白东西可太显眼了。松鸡能不能收留它,还是个问题。"

"它一定会把窠丢弃掉的,"安德说,"孵了半天,全是无精卵,什么也没孵出来,又有人加进去一个白颜色的怪蛋,它准会吓一跳。"

这话是在吃晚饭时说的。柯尔克、咪和茜白天就到湖边去,不知在什么地方耽搁了。

吃完晚饭,他们还不回来。天黑了。夜来临了。

咪、茜和柯尔克还没回来。

第五个月

寻找失踪者

可怕的黑夜　地窖"美洲"　野鸡　雨燕飞走了

这夜漆黑一片，雨声淅淅沥沥。少年哥伦布们一个也没睡。顶着急的是沃甫克，他坐立不安，像只关在笼里的野兽，在房间里跑来跑去。他不时跑到外面，一路淋着雨，走到湖边去看。达尔·亭说，咪、茜和柯尔克准是留在深渊湖边的村庄里过夜了。可是沃甫克还老是来回说他自己的观点："我感觉到咪一定出事儿了，遇到了什么不幸。这湖的名字不是平白无故地不吉利。"

当黎明在窗外缓慢地发出曙光时，少年哥伦布全体出发去寻找失踪的人。他们决定直接到深渊湖畔的别列双克村去，路上搜索一下湖周围的密林。

雨停了，脚下尽是水洼和稀泥，特别是在黑漆漆的密林里。他们决定叫巴甫从容不迫地顺着道路走，隔一会儿就喊几声。剩下七个人排成一字长蛇阵，穿过树林，不时地吹哨打招呼，免得走失。总管妈妈留在家里喂小獾和雏鸟。

沃甫克在密林里急急向前走去。树木在他面前刚让开路，想象力立刻为他描绘出一幅阴森森的景象。他的朋友们会遇到什么事呢？他简直想不出。

这一行人，左右两边的人都时时发出山雀的叫声。从他面前的灌木丛里，忽然有一样东西扑扑地飞出来，逃走了，噼里啪啦折断不少树枝，把他吓了一大跳。他没有立刻看清，这是我们森林里的"大公鸡"——雷鸟。沃甫克觉得晨曦中的密林是神秘而可怕的，尽是些稀奇古怪的动物。

忽然，沃甫克站住了：他仿佛觉得前面有一种声音，又像喊叫，又像呻吟，但是，听不出声音是打哪儿来的。沃甫克竖起耳朵仔细听。

又听见了！有人沙哑着喉咙喊叫，喊的是什么，听不清："……里……心！这里……"

沃甫克顾不得自己面前有什么，拔腿就往茂密的小云杉丛林里闯了过去。他没看清前面有个大坑，两脚一咪溜，就跌倒在地下了。

可能他摔昏了，有一分钟工夫失掉知觉，因此他也没能一下子搞明白，自己是在什么地方。有一个人在他耳边哑着嗓子说："沃甫克！欢迎欢迎！我们等你很久了。请你像在家里一样随随便便的，别客气！"他听了，一时也没闹明白是谁在说话。

"好家伙！"沃甫克骂道，"黑得跟地狱里似的！"

"这儿本来就是地狱嘛！"哑嗓子又说，"喏，还有死人骨头哪！"

沃甫克好容易把头转了过去——他的脖子痛得很——看见身旁

边乱丢着些骨头,在黑暗里显得白花花的。再往前一些,是柯尔克挺直身躯站在那儿。"这是什么地方呀……"他把头转过来说。这时他看见茜坐在他对面。茜让咪的头枕在她自己的膝盖上。

"咪怎么啦?"柯尔克跳起身来喊道。

"没什么大不了的!"咪自己回答,"把脚摔坏了,没别的。"

"得啦,你嚷一会儿吧!"柯尔克说,"我的嗓子已经嚷破了!"

这时,沃甫克才想起别的少年哥伦布还在找他们,就扯开喉咙喊道:

"到这儿来,到这儿来!达尔·亭!安德!良!巴甫!"

两个女孩子也跟着他嚷:"当心点!这儿是个大坑!"

几分钟后,传来了达尔·亭的声音:

"喂!坑里的人!你们上那儿去干什么?你们觉得怎么样呀?"

"我们在考察地下的美洲!"沃甫克心情愉快地回答,"咪把脚摔坏了。这个坑有6米深。"

费尽了气力,他们才把几个倒霉蛋从深坑里拖出来,不得不给咪做一副担架,让大力士安德和沃甫克把她抬回去。

到家后,柯尔克说:"我们在湖上耽搁了一些时候,穿过树林的时候,天已经快黑了。咪走在前面,走到一个地方,忽然闷声闷气地嚷起来了。我跟在她后头跑过去,于是掉在这该死的大窟窿里。茜跟在我们后头,也滑到坑底下去了——这总是纯粹出于同志式的同情吧!

"那个地底下黑极了,伸手不见五指。唉,等到眼睛习惯了,才好歹看了个明白:一面是过道,另一面也是过道。很明显,我们掉在地下通道里了。我想去侦察一下，通道通到哪里——弯下腰可以在通道里走——可是两个女孩子直求我:别走开，我们害怕！想带了可怜的咪从该死的井里爬出来，是办不到的——井深极了，四壁是黏土的，陡得很……也没法指望你们来救，三更半夜的，你们上哪儿去找我们呀？在天亮前，是等不来救兵的。就是天亮了，能不能找到我们，也很难说。

"于是我们只好就那么待在那儿。乌漆墨黑的，没事儿可干，脑子里尽胡思乱想。我们一个劲儿琢磨:这是条什么地下通道呢？谁挖的？为什么挖的？茜说，大概是有人钻进这里面来躲法西斯。一定是游击队员挖的。咪想起看过的一个童话:一个水鬼把自己湖里的鱼全部输给另外一个水鬼了，他不得不挖一条地下通道，从自己湖里通到那个水鬼的湖里，把鱼沿着通道赶过去。

"她刚讲完，忽然尖着嗓子大叫一声:

"'哎呀！眼睛！……喏！喏！那不是吗？'

"可不是嘛，我也看见了。话还没说完，只见两只恶毒的眼睛在黑暗里凶光四射，吓得我起了一身鸡皮疙瘩。两只眼睛冒了一阵绿光，又冒了一阵红光，然后就熄灭了。

"'水鬼偷看我们哪！'茜哆里哆嗦地低声说。

"我对她说:'住口！'

"这时眼睛又亮起来了。嗨，我真惋惜没带枪！我当然马上想到是狼。砰！放一枪，不就解决了么？两个姑娘挤在我旁边发抖——可我又有什么办法呢？不管什么野兽扑过来，赤手空拳是打不退的。显然两只眼睛在盯着我们。

"我灵机一动：'野兽不是害怕人声么？好吧！我吓唬它一下！'我先小声通知了两个女孩子，然后像打雷似的大吼一声：'哎嘿！哒，哒，哒！'两个女孩子也尖着嗓门儿大叫起来，把我耳朵都要震聋了。"

"你打的雷有点发哑哩！"茜说。

"现在你说'有点发哑'，可是那会儿，当那两只眼睛不见了的时候，你多高兴呀！"

"后来不是又出来了吗？"茜不服气地说。

"可能它跑不掉，"柯尔克又接着说，"也许通道不长，要么就是那一头堵上了。"

"总而言之，我决定不嚷了——划火柴。只要眼睛一过来，我就——嚓！划一根火柴，朝它丢过去！幸亏是夏天，夜不长。后来，好容易上面亮了。跟着，也听到了沃甫克的声音。咪马上听出他的声音来了。"

茜证实了柯尔克说的全是真话，而且坦率地承认：

"好家伙！可把我们吓坏了！你们想想看，只要那凶光四射的眼睛一亮，心马上扑通往下一沉……"

躲在地下通道里的野兽是什么，始终也没搞明白。安德、沃甫克和柯尔克决定最近就把这个问题搞明白。可是大家都忙得要命，只好把考察地下通道这事暂时摞下。

8月5日，打猎的季节开始了。现在，沃甫克和柯尔克每天不是打回来一只松鸡，就是打回来野鸭或者丘鹬。少年哥伦布们仔细研究每一只野禽——野禽身上的一切东西，连一根羽毛都没有放过——把大小和重量记下来。他们把肉炸着吃了，把美丽的羽毛收在野禽簿里,由茜用窄纸条往里贴。

少年哥伦布们有个严格的规则:如果为了科学或者为了填肚皮杀死了什么美丽的生物,那就得留下一点纪念物。如果是比较珍贵的野禽,就剥下它的皮,塞上棉花或软木屑,制成标本。

给松鸡换蛋的结果搞明白了。女孩子们往松鸡窠里放了一个鸡蛋后,第二天早晨,发现母松鸡已经不在窠里了,窠里留下几个被遗弃的蛋,冰冰凉,全是黄褐色的,旁边丢着些白蛋壳。小鸡跑到哪儿去了?没有人知道。是不是野松鸡因为它自己的雏鸟都没孵出来,所以一气之下把小鸡啄死了呢?少年哥伦布们把四个松鸡蛋都检查了一下——全是无精卵,和头一个蛋一样。

忽然有一天早晨,柯尔克从树林里回来时说:

"我顺着一座密林旁的田边走,田里种的是燕麦。根据露水的痕迹,我看出来,有松鸡在那儿待过——燕麦里有它们跑过的迹象,把露水都碰掉了。扑扑扑!果然,飞起一只松鸡。这只松鸡后面跟着一只小松鸡,只有一只,不过样子怪丑的:不是黄色的,浑身上下花不溜秋,有条纹……我放下了枪。这是怎么回事儿?

"松鸡飞远了,可是这只小怪鸡呢?飞了一小段路,就落在树枝上了,离地不高,离我很近,我不用望远镜都瞧清楚了——这是一只小家鸡,就是我们花母鸡的儿子。可真有趣儿!

"这时候,母松鸡柔声柔气地招呼起它来了:'菲呜!菲呜!咯,咯,咯!'它一个腾身,就飞走了,飞得挺好呢,简直像只真正的小松鸡。你看,养母连飞都教会它了。它飞到另外一棵树上,藏在树枝间了,和我捉迷藏呢!嗨!它完全成一只野鸡了;对于猎人说来,它是一只真正的野禽了。我听说过有的家鸡会变成野生的。不过，这是头一回亲眼看见。你们知道吗？我们像这样用换蛋的方法，可以培育出新种的野鸡——改造家鸡！"

这些话，柯尔克是吃早饭的时候说的。那时，少年哥伦布们正坐在一棵大云杉下。那些羽毛已经长齐的小鸟，生活在大自然里，到了吃饭的时候，就飞到他们跟前来，落在他们肩膀上，在桌子上跳跳蹦蹦地啄屑粒吃。

小獾比比希加乖乖地坐在良的脚旁，等别人从桌上递点什么好吃的东西给它。

8月21日来到了——在我们这一带，每年最后一批雨燕都是在这一天飞走的。一星期前，达尔·亭就预先通知少年哥伦布们，雨燕将要在固定的日期飞走。现在他们亲眼看到，这些飞得快的鸟严格遵守它们的行期，虽然它们并没有着忙的必要：它们的食物——苍蝇、蚊子什么的还在空中飞来飞去，多得很。家燕和蚊母鸟也是靠苍蝇

维持生活,它们还没打算飞走呢。

少年哥伦布们也该准备进城了——9月1日就要开学了。再过一星期,少年哥伦布学会就要搬回列宁格勒去。

在临走前一天,全体少年哥伦布决定在深渊湖上聚会一次,在那儿的一个岛上度过一整天。

第六个月

躲在草棚里向外看

远来的旅人　舰队　在荒岛上　漂浮的美洲　美洲居民
告别

真是件怪事儿——对于少年哥伦布们来说，新大陆应该渐渐变成旧大陆，实际上新大陆却越变越奇怪，越变越神秘。给野鸟换蛋的工作，在少年森林生物学家们面前，打开了完全崭新局面的可能性。神秘的林荫树——从未知的土地迁来的移民——始终还是个谜；慢性子的巴甫直到现在还没去采那种树的叶子。咪、柯尔克和茜出乎意料地跌入的神秘的地下通道，也始终是个谜——这地下通道是什么人、什么时候、为了什么挖的呢？最近几天，猎人柯尔克和沃甫克开始带回一些特别的野禽，这些野禽无论如何也不能算作是新大陆的土著。

打猎一开始，柯尔克和沃甫克两人就在深渊湖边，用芦苇和树枝搭了两个草棚；柯尔克在湖湾这一面，沃甫克在湖湾那一面。这两个少年森林生物学家，带着他们的猎枪和望远镜，待在小草棚里，从黎明一直待到吃午饭时。柯尔克还常常加一班——从中午守到日落。鸟儿的锐利眼睛也看不见这两个猎人，所以他们看见了不少有趣的事物。

一般来说，总是在树林里过夜的灰色苍鹭，最先在岸上出现。它那翅膀圆圆的，仿佛是用碎布缀成似的。它慢吞吞地挥舞着那两扇翅膀降落下来，伸直一双笔直的长腿，不慌不忙地着陆。它在岸边紧靠湖水的地方踱来踱去，在潮湿的沙地上留下一个个大脚印子，每个大脚印都有三个脚趾。它仔细观看岸边浅浅的湖水。只一刹那工夫，它那短剑一样的长嘴，就闪电般啄死一只逃得慢的蛤蟆。长长的脖子向天空一仰，仿佛由于吃到了美味的食物，向老天谢恩似的。蛤蟆乱蹬着腿儿，眼看它消失在这只驼背大鸟的喉咙里。苍鹭踱着安详、均匀的方步，沿湖岸继续往前走；有时，它径直走到躲在草棚里的猎人跟前，猎人不开枪，用枪杆都够得到它。

小水鸭、肥硕的野鸭、淡蓝翅膀的阔嘴野鸭和身段苗条的赤颈凫，也飞到这里来，翅膀上闪着绿光，落在芦苇丛里。瘦小的黑水鸭，从一丛芦苇钻进另一丛芦苇。鹞鹰在高空里慢慢地飞过，仔细察看岸上有没有死蛤蟆，或者白肚皮朝天漂在水面的鱼。两个少年森林生物学家的猎枪老没动静。不过，科学是需要牺牲品的。偶尔在湖上出现一群飞得快的鹬鸟，闪动着又细又长的腿儿，疏疏散散地落在岸边。这种鸟夏天在这里是轻易看不到的，只要它们一出现，立刻从草棚里冲出一道火光，发出一声枪响。沙滩上留下一个有翅膀的旅客——它本来要飞到遥远的地方去过冬的,现在却突然结束旅程,躺在那里了。

现在正是鹬鸟成群飞过的时候,它们从诺沃结梅尔斯克、阿尔汉格尔斯克和柯尔斯克的苔原,飞向热带非洲。现在,少年森林生物学家们差不多每天都可以观察到夏天在此地难见到的长嘴鹬鸟、黑颈鹬鸟、红颈鹬鸟和滨鹬。有一天,柯尔克从草棚里看到一只他不认得的鸟。这只鸟毛色斑杂,胸脯是黑的,腿和嘴不太长,它仔细察看水边的每一根小树枝和每一粒小石子的下面,迈着小步往前走。在附近一带,从来没见过这种鸟的群落,这是一只孤零零的鸟。

柯尔克把它打死了。他把它带回家去时,达尔·亭惊叫起来,说:

"这是一只'翻石鹬'呀!这是生活在海边的一种鸟。它怎么会出现在大陆的内地呢?真是个非常有趣的猎获物,简直是个小小的新发现!"

这是个谜:这种鸟怎么会飞到这里来的呢?

少年哥伦布们要回去时,在到湖上去的前一天,朵叫大家非常担心。早晨,她没跟任何人说自己到什么地方去,就走了,没回来吃午饭,也没回来吃晚饭。少年哥伦布们已经想到密林里去喊喊她——她是不是掉到地下通道里去了呢?可是,正在这当口,她回来了。她只告诉大家,她和女伴们到米涅也沃村去了一趟,至于在那里看见了什么东西,她却拒绝作答。

第二天,从大清早起,晴雨表的度数就开始下降,但这并没有妨碍少年哥伦布们,天刚亮就出发到湖上去。

他们集合后,迅速穿过树林,在别列双克村向渔民借到一只小船和两只小划子，划着去了。小船是旗舰，柯尔克和沃甫克乘小划子跟在后面。这种小划子是一种原始的简陋交通工具，诺夫哥罗德一带湖里某些地方的特产物，还是石器时代遗留下来的。这种小划子，是凿成长木槽的两根白杨木，用小木板钉到一起的。这种船非常笨重，走不快，因为在石器时代，人们没有什么事需要特别急着去干呀！不过，它稳得很——你在那上面钓鱼也行，往下跳也行，它是不会翻的。

孩子们的新朋友瓦尼亚特卡，乘一只小划子走在最前面，带领着整个"舰队"。他是个小集体农庄庄员，模样怪滑稽的小胖子，今年春天刚升入六年级。他对这个湖很熟悉，知道什么地方可以捕到什么鱼。他自豪地领着这些城里人去看"他的湖"。少年哥伦布们管他叫"老住户"，使他感到很得意。

过了一会儿，船停泊在一个荒无人烟的岛旁。少年哥

伦布们上了岸,仔细考察了这个岛。这并没有花费多少时间,因为整个岛只有 400 步长,顶宽的地方也只有 250 步宽。不过,那儿竟有整整一窝松鸡——这件事瓦尼亚特卡事先已经告诉他们了。使植物学家们感到惊奇的,是这儿生长着冲天高的大松树。朵肯定地说,它们跟生长在美洲的巨大的树——杉树,像两滴水一样相像。

在这荒无人烟的岛上,少年哥伦布们立刻觉得自己是土著了。他们装扮成印第安人:男孩子把松鸡毛装饰在头上,假装酋长;女孩子们做了红皮肤的印第安女郎——这对她们来说,一点也不困难,因为一个夏天,她们已把皮肤晒得红红

的。大家心齐手快,不大一会儿工夫,就搭起一座尖顶的草棚,准备避雨用——天开始阴起来了。

瓦尼亚特卡是个经验丰富的渔人,他领导打鱼"事业"——教"酋长们"往鱼钩上装鱼饵,告诉他们钓丝上的浮标应该离鱼钩多远。

少儿科普名人名著书系

沃甫克不愿钓鱼。他哼着自编自谱的歌儿(声音虽小,但勤勉的渔人们都可以听见):

1月、2月、3月、4月,
　　渔人在钓小傻瓜。

他跑去考察岛上都有什么野兽。

他刚走了不到100步,就看见地上有几个新鲜的野兽脚印子,看来这只兽是从水里爬出来的,不知道是什么兽。湖里水鼩很多,但这不可能是水鼩——比水鼩的脚印子大;也不可能是水貂——比水貂的脚印子小。

脚印子通向岛上生满荒草的小湖角。沃甫克恐怕把那野兽吓跑,蹑手蹑脚地悄悄顺着脚印子走去。他走到小海角上,忽然觉得脚下的土地有些摇晃起来。

"是个泥塘呀!"沃甫克想,"可别陷下去!"

他刚往前迈了几步,就听见草丛里窸窸窣窣一阵响,跟着,水又稀里哗啦响起来——一只褐色野兽从草丛蹿到水里去了。沃甫克没来得及把它看清,甚至没搞明白它有多大。他又往前走了一步,发现水边草丛里有块一米见方的空场。这是所谓野兽的小餐桌,上面乱丢着一些碎水草茎,还没吃完。可以看出,这儿的主人是一只啮齿动物。从它剩下的午饭来判断,它的个儿还不小呢——大概和土拨鼠

一样大。

"此地没有这么大的水栖啮齿动物，"沃甫克想道，"那它究竟是什么呢？总不会是海狸吧？"

他沉思起来，直到从聚过来的乌云里，猛然袭来一阵狂风，才清醒过来。而这时，他忽然感到脚下的土地像木筏一样摇晃起来了。他抬起头，只见岛上的大树像细茎似的在摆动，旋风兜圈子飞跑着，把沙土和树枝抛在他脸上。他站立的那个湖角的一头，已经和岛分离开了，离岛越来越远。

"龙卷风！"沃甫克心想。他想跑到岸上去，可是被一棵矮灌木绊了一跤，跪在地上。

沃甫克不是胆小鬼，可这时也惊叫起来了。他不会游泳。据瓦尼亚特卡说，这湖"在靠近岸边的地方，水还有个底儿；再往前走，可就深得没底儿了。总而言之，是个深渊"。他脚下那块生有荒草的土地奇怪得很，并不往水里沉，而是像童话里的飞毯一样，在他身下摇摇摆摆地漂动起来。

"我的天！"沃甫克突然想起来了，"这是个'浮岛'！"

沃甫克早就听久居此地的集体农庄庄员们说过，在他们湖里有一种由植物编结成的奇妙东西，像小岛一样。这些植物的根并不攀住土地，所以小岛能自由地在水面漂来漂去。如果它们被风推到岸边，停留时间较长，它们的根就攀住土地，固定下来，变成泥塘。当少年哥伦布们听到这话的时候，都非常感兴趣。集体农庄庄员们还说，有一天，一对水鸡在一座小岛的角上搭了个窠，可是那个角忽然离开岛，在湖里漂流起来了。

那阵强大的旋风，把"浮岛"从岛旁刮开后，就停息下来。受它骚扰的湖水起了波浪。"浮岛"摇得越来越厉害。它沿着岛岸漂流着，离岸越来越远。沃甫克动也不敢动，更不敢站起来——他身下那块不稳固的土地，可能在他的重压下碎裂，那时候呀……沃甫克想到这里，吓得脑海里生出各种荒唐的想法。他想："唉，少年哥伦布跑到漂浮的美洲来了！唉，如果我会像鸟一样飞，像鱼一样游，就好了……今年秋天我一定得在游泳池里学游泳。"沃甫克下了这么个决心，心里好像就轻松一些了。

不过，他的奇遇还没结束：他忽然看见水面有朵浪花，波纹向两边荡开——这是被一个向前游着的兽头顶着的。浪花迅速向"浮岛"涌过来了。跟着，一只真正的美洲种野兽，浑身湿淋淋，爬上了"小餐桌"。沃甫克一眼就认出它来了，这是美洲种的大水鼹——麝鼹，个儿比俄罗斯种的大得多。

"这才是个新发现呢！"沃甫克想道，"在俄罗斯内地湖心里，竟遇见一只美洲兽！这里无论谁，无论什么时候，也没培养过这种兽儿呀！不晓得此地老住户知道不知道这件事。"

这个新发现使沃甫克得意忘形，竟忘记自己的处境了。他一下子站起来，向前跨了一步——于是一只脚踩在水里了，水齐膝盖深。

"喂，'浮岛'上的人！"忽然从岛上传来兴高采烈的叫声，"沃甫克，你上哪儿去呀？把我们也带去吧！向航海家沃甫克致敬！打哪儿弄来一块会漂的土地呀？你运的是什么兽儿呀？"

原来沃甫克的小绿筏子，慢慢沿岸漂着，已经绕过了湖角，现在正好经过坐在岸上钓鱼的那几个人——瓦尼亚特卡、安德、莱和巴甫。

咪站在他们旁边。

沃甫克立刻不害怕了。他假装没事儿似的把脚从水里拿出来，两手往腰里一插，免得叫"鲁滨孙"们看出来刚才他吓成什么样子。他用讥诮的口吻回答道：

"啊哈！瞅着眼红，是吧？我不光发现了美洲——漂浮的美洲，还发现了一个美洲居民呢！瞧见了吗？"

孩子们一嚷嚷，麝鼹马上从筏子上扑通往水里一跳，就不见了。可是所有的钓鱼人还是看见了它。

小船就在旁边。安德和莱跳上去，划到"筏子"跟前，把沃甫克接了上去。这倒是很及时的，因为沃甫克的两脚正往那草皮里陷下去，眼看草皮就要裂开了。

这位不由自主的航海家，好容易被平安地接到岸上，他漂浮的"美洲"又靠到岸边。乌云过去了，疯狂的旋风也跟着消失了。湖水迅速地平静下来。少年哥伦布们仔细研究了一下"浮岛"。游泳家安德甚至还脱掉衣裳，钻进水里，从底下将它考察了一番。原来下面有许多草根密密层层地编结在一起。

过了一会儿，太阳又大放光明。大家的情绪都好转了，在岛上非常愉快地度过了一天。当天的主要英雄——发现漂浮的"美洲"的少年哥伦布——当场就获得"老海狼"的光荣称号。

女孩子们要求拉甫作一首诗，歌颂这位英勇的海狼，却遭到诗人的拒绝。他说：

"我从来不写惊险诗。至于那个'浮岛'，我已经想出几个押韵的句子：

一个浮岛被风吹到岸边，

一对动作敏捷的鹬鸟

在灌木枝上做了个窠，

孵出一窝小鸟。

哪知一阵旋风把'浮岛'刮跑了，

刮到湖心去漂呀漂。

可怜的鹬鸟从此日子真难熬，

每天冒生命危险越过水面，

飞到岸上去，

找来食物哺育雏鸟……"

在动身以前，女孩子们一定要到"新大陆"各个遥远的角落去一趟，最后一次欣赏湖景，看看它那如同明镜一般平静的水面，问候一下那葱郁的密林和空旷的田野，去和亲爱的湍急的小溪道别。

第七个月

老住户的一封来信

　　　　　湖的神秘的失踪　紧急任务　美洲地狱的秘密　物理

定律

　　少年哥伦布们还没来得及回到学校生活里去,就接到一封从"新大陆"寄来的信。信是写给柯尔克的,他当时拆信读给学会的全体会员听:

　　"亲爱的柯尔克!

　　"你曾要求我把我们这儿的事情,全部报告给你。好吧,现在有新闻了:你们知道的那个深渊湖失踪了!头天晚上还有呢,早上起来一看,没了,不见了!我们乘船去过的那个岛,现在我赶着集体农庄的大车去拾柴火,路过那儿一瞧,整个儿是干的。深渊湖的水干后,大大小小的鱼可多啦!孩子们就在泥坑里用手抓。小梭鱼、小鲈鱼、圆腹鲹,甭提有多少了——我自己就摸了三桶。大鱼聪明,大鱼早游走了,谁知道游到哪儿去了呢!

"深渊湖已经失踪四天四夜了,直至现在还没有回来。

"据老人们说,冬天眼看要到了,也许它根本不会回来。听说,雅姆诺叶湖和雅姆纳亚小河也同样失踪了,还有一些别的小湖也是这样。听说,大湖卡拉波日亚湖在指挥所有的湖,就是米涅叶沃村后的那个湖,据说非常深。

"其他新闻,我们暂时还没有。

"问候大家,问候女孩子们。

"我仍旧是你们所熟悉的那个当地的老住户瓦尼亚特卡。

"我像黄莺等待夏天一样等待你们的回信。"

"这可真是一块玄妙的大陆!"莱把两手一摊,说道,"这是怎么回事儿呢?不久以前,我们还在那个湖里划过船,不久以前,老海狼还差点在那儿淹死,结果,一夜的工夫,湖就失踪了,不见了,就好像它从来没有过似的。现在可以赶大车在湖底上走了。它跑到哪儿去了呢?莫名其妙……"

新近加入学会的萨嘉蛮有把握地说:

"我想呀,这里头一定有秘密。最大的可能是湖水被太阳喝干了。换一句话说,就是蒸发了。湖水蒸发了,变成了云彩,在天上失踪了。"

安德告诉他,湖水不可能蒸发得这么快。何况深渊湖是半夜里失踪的。半夜里根本没有太阳。

巴甫自作聪明地说:

"我认为,这是一种复杂的综合现象。明年夏天……哎哎……我们得全体……那个……不分组……去把它研究个水落石出。"

"为什么'明年夏天'呀？"柯尔克急躁地说，"趁湖里没有水，马上得去考察它。达尔·亭，请您替咱们，替安德和沃甫克，向校长请三天假。落下的功课，以后我们当然要补上的。请您派我们去执行科学任务——去考察失踪的湖。四天后——第四天是星期日——秘密就可以揭开了。"

达尔·亭同意去向校长请假，于是第二天晚上，少年哥伦布们就出发去执行紧急任务了。拉甫也请了假和他们一起去，因为他非常想看看，秋天，诺夫哥罗德的森林是不是跟他故乡乌拉尔的森林一个样。拉甫的故乡在楚索瓦雅河畔。

9月20日——就是秋分前一天——少年哥伦布学会全体会员出发了。日程中唯一要解决的问题，就是"深渊湖从'新大陆'上失踪的原因"。

报告是由考察队员中威信最高的安德开始的。

"总的情况是这样的：原来是深渊湖的地方，现在我们看到一块浅碟子状的凹地，底上高耸着的是一排排长满树木的岛屿。湖里的水真的干了，或者用我们的话来说，不见了。只在这块干凹地的东部，有个深坑，那儿是个大水洼。那儿就是深渊，也就是湖水顺着流走的那个大窟窿。我们马上就明白了，我们是在跟所谓的喀斯特现象打交道。"

"什么？什么？"萨嘉连忙问道，"什么现象？"

"你们希望我作什么样的报告？"安德笑眯眯地问道，"作科学报告，还是作普通报告？"

"当然作科学报告啰，"胖子巴甫矜持地说，"咱们又不是小孩儿！"

"好吧!"安德答应,接着就开始照一张纸朗读,"这是百科大辞典里的解释:'喀斯特现象,是可溶于水的岩石所造成的一种现象。这种现象是江湖干涸的表面,地形的形式、性质和地下水循环的综合表现。'明白了吗?"

　　"我是小孩儿,"咪说,"我不明白。请你给我解释一下,不要说什么'综合表现'。"

　　这时候,萨嘉痛苦得把前额和鼻子都皱了起来,正在仔细听,一脸不高兴:他拼命想听懂,可是什么也听不懂。咪表示关切地朝他使了个眼神儿。

　　"我来讲吧,"沃甫克立刻自告奋勇,"率直地说,茜的话是对的。同学们掉进去过了一夜的那个地道,是个水鬼挖的,为了到另外一个水鬼家里去串门儿。深渊湖的这个洞,在地下的石灰层里。深水湖卡拉波日亚湖的水落下去的时候,深渊湖水就顺着这个窟窿流到卡拉波日亚湖里去了,因为这两个湖是相通的。你们可记得,物理学里有这样一个定律:连通器里的液面,总是保持水平的,不然,液体就要流动。这个现象就符合这个定律。瞧,我特地画的图,这是跟碟子一样浅的小湖——深渊湖、雅姆诺叶湖,这是跟碗一样深的湖——卡拉波日亚湖。这几个湖的水是相通的,浅湖的水都流到深湖里去了。这一看就都明白了吧!萨嘉,现在你懂了吗?"

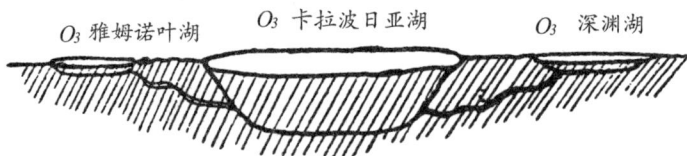

O_3 雅姆诺叶湖　　　O_3 卡拉波日亚湖　　　　O_3 深渊湖

"跟早晨一样的明朗了。"萨嘉和咪一块儿仔细看沃甫克的图，说道。女画家茜当场就用铅笔画了几只碟子和一只碗，用一根橡皮管把它们连起来，也拿给所有人看。

"有的地方，水突如其来从上面冲出一些坑洼，又在喀斯特层里冲出一些地道，形成大漏斗、深井和地洞。柯尔克、咪和茜就是掉在这样一个地洞里了。这无形之中成了蛤蟆、蛇、兔子和别的野兽的陷阱。地洞的壁是黏土的，很陡，滑得要命。它们一滑下去，就爬不出来了，死在那里面。"

"这么说，那还是一只狼呀！"茜惊叫起来，"那一双放红绿磷光的可怕眼睛呀！多么凶恶的一双眼睛呀！为什么它没有扑到我们身上来呢？"

"大概，因为它是一只狐狸，"安德不动声色地说，"沃甫克同学太相信老住户瓦尼亚特卡讲的故事，所以，他的解释……那个……不大符合实际。比方说，瓦尼亚特卡的信里讲，'支配'像我们的深渊湖那样的'碟子'的来水和去水的，根本不是'深碗'卡拉波日亚；用诺夫哥罗德人的话来说，深渊湖和其他喀斯特质湖，是'受管辖的'。喀斯特质湖的通道和物理实验室的连通器比较起来，排水的能力差得多。喀斯特质湖的水位，之所以变化那么大，是因为连接的石灰质体中的地下水的水位变化大。"

"敢情是这么回事儿！"萨嘉忍不住说。

"是的，"安德接着说，"我还应该告诉你们，在我们这一带，喀斯特质的地下通道和漏斗形地洞，从来也没有那么大的，里面绝不可能一个接一个掉下去四个少年哥伦布学会会员。蛤蟆进得去，狐狸进不去。"

"没那事儿!"沃甫克火了,"你干脆说,我们哪儿也没掉进去过,你们也没从什么地方把我们救出来过吧!"

"救过,"安德说,"根据我查的材料,这条地道根本不是水鬼挖的,是跟你我一样的年轻人挖的。吉雅科维希村的一群小伙子,在密林里找到一条地道,地道非常窄,只可以把胳膊伸进去,头伸不进去。在鞑靼人入侵的时候,小伙子们的祖先把一些宝物埋藏在地下。他们以为这是一处宝藏,所以挖了个大坑,在大坑的两头,都挖了地道——沿着喀斯特质的细水道挖的。不过,挖了不久,就发现他们的寻找是徒劳无益的,所以就丢下不挖了。许多年以前,坑的边缘坍塌了,变成垂直的。这就成了一个像捕野兽的深坑那样的真正的陷阱。不光我们这些粗心大意的少年森林生物研究家们掉在里头了,而且像狐狸这样狡猾的野兽,也掉在里头了。"

"那么,我们夏天遇到的那个像谜一样的可怕奇遇,可以说是已经彻底地解释清楚了,"咪总结说,"那天夜里,我们陷在'新大陆'过去的地洞里了。在这次奇遇中唯一挂彩的我,感到非常荣幸,因为我是头一个踏上这个'美洲地狱'土地的人。"

"瓦尼亚特卡领我们去看过90岁老婆婆费希卡,"拉甫说,"她是生长在雅姆诺叶湖边的人。她记得,大约80年前,冬季的一天,忽然雅姆诺叶湖不见了。那可真有趣儿!那时候,费希卡还是个小姑娘。她提了水桶去取水,一看,水没啦!她只好钻到冰窟窿里去——那里面简直是一座魔术宫殿,银色的房顶放着冷光,光辉变幻着颜色。下面有一些动作灵敏的小鱼儿游来游去——水洼里,多多少少还有一点水。那完全跟童话里的水晶宫一样,才叫好看呢!"

第八个月

夏季考察总结

鸟类学考察总结,兽类学考察总结,植物学考察总结
养育鸟兽

少年哥伦布们到了总结夏天的工作的时候了。头一个在学会的会上做总结报告的,是鸟类学小组的组员。

安德报告道:"我们五个人,也就是达尔·亭、莱、咪、柯尔克和我,在'新大陆'一共发现了151种鸟,或者用我们的话来说——151种有羽翅的居民。"

"好家伙!"老海狼脱口而出,"我们的哺乳类动物,连一小部分都不到呀!"

"这并不算太多,"安德接着说了下去,"俄国科学家、科学院动物博物馆飞禽部主任瓦·比安基①有一份关于诺夫哥罗德州鸟类的报

————
① 作者维·比安基的父亲。

道材料。根据那份材料来看,现在诺夫哥罗德州一共有260种鸟。得去掉其中十分偶然飞到我们这儿来的鸟,比方说白颊黑雁。再去掉9种只飞到我们这儿来过冬的鸟,比方说北极枭,或者颊白鸟。这些鸟,我们在夏天是绝对看不见的。还有几十种飞过我们这个省的候鸟,这些鸟,在我们小小的新大陆上,我们只偶尔可以看见。可能只有这样,我们才能彻底认识我们美洲有羽翅的居民。我敢保证,任何一个当地老住户,都绝对想不到,在他的故乡,一共有多少种各式各样的鸟,他故乡的野禽场都包括些什么。可是我们把它考察了一下,把所有的鸟都登记在名单上了。

"一年四季住在这里的、土生土长的鸟,简单地说,不迁渡的鸟,有51种。春天飞到我们这新大陆来筑巢、孵小鸟,秋天又飞走的鸟——也就是候鸟,据我们统计,一共有89种。

"夏末从北方飞来的鸟,我们统计了10种。偶然飞来的,只有一种'翻石鹬'——这是个真正的新发现,因为在瓦·比安基的作品《我们的鸟类》里面,根本没有这种鸟,是柯尔克在此地发现的。红雀,以前大家都以为它只在诺夫哥罗德州过冬,莱却找到了它的巢。声音赛横笛的斑纹小雀在新大陆筑巢,发现这件事的光荣属于咪。从前,大家以为斑纹小雀也是只飞到我们这一带来过冬的鸟。它们是偶然留在这里过夏呢,还是为了筑巢才逐渐适应我们这里的水土?这将来我们总可以知道的。在关于诺夫哥罗德州鸟类的那本资料里,碛鸟不算作一种稀有的鸟吗?可是现在,在每一个合适的地方,这种鸟都已经在筑巢了。

"把一种鸟的蛋换到另一种鸟的巢里去的试验,一个夏天,一共做了 27 次。出乎人意料之外的试验结果，你们已经知道了。

"我们只给 57 只鸟戴上了环。其中 54 只是雏鸟；三只是偶然捉到的成年的鸟。

"我们在当地哺育大了 32 只雏鸟。带回来三只饲养：一只樫鸟，一只渡鸟，一只莫斯科山雀。饲养结果，会后我们可以表演一下。

"考察队有一本详细日记，全部工作都记在那里面；特别有趣的观察结果，也记在那里面。"

大家讨论完安德的报告后，由老海狼起来做总结。

他说："我们的动物学考察小组，可拿不出这么长的名单来。一个夏天，我们只看到 31 种哺乳类动物。这甚至不是全部看到的，而是记下来的，因为有些，我们只不过是听到别人介绍，就记下来了——像我们的可尊敬的巴甫一样。比方说，不论是小不点儿伶鼬，或者是个儿不大的、美丽的鹿，或者是可怕的歪脚熊，我们在新大陆都没碰见过。真是遗憾得很。"

"你还不如说'幸亏没碰见'呢！"萨嘉插嘴说，"万一碰见熊，手里又没有枪，哎呀呀，可不得了啦！"

大家都笑了。沃甫克又接着说：

"总而言之，我们的哺乳类动物太少了，扳手指头都数得过来。猛兽有熊和狼。战前根本没有狼，战后出现了狼。有狐狸、獾、貂和黄鼠狼，不过不多。听说，还有白鼬和伶鼬。猞猁狲，在这儿是路过的野兽，最近几年没听说过。就是这些种类，再没有了。以昆虫类为食的野兽：有鼹，鼹很多；刺猬，不多；鼩鼱，有两种陆栖的和一种水栖的。蹄类的，有两种：麋鹿和獐鹿。翼手类的……唔，这是夜晚出来活动

的野兽，关于它们，我们知道得很少，一共只捉到三只：一只雏蝙蝠，还有两只蝙蝠。啮齿动物当然最多：有两只兔子——一只灰白兔、一只白兔。两只松鼠——一只普通的棕色松鼠、一只会滑翔飞行的鼯鼠（一种灰色的松鼠），我们在一棵白杨树的树洞里，找到它的小松鼠，半个钟头后，我们跑回来捉它们，已经不见了——松鼠妈妈叼着它们的后脖颈，把它们搬到别处去了！幸运的是，在新大陆，腮鼠和金花鼠连影儿都不见——那是非常有害的动物。

"至于普通的灰老鼠，可有的是——简直跟家鼠一样多。还有水䶄、背上有黑条条的野鼠、林鼠和3种田鼠。这就是我们名单的全部。"

"熊是什么样儿的？"萨嘉郑重其事地问道，"有白熊吗？"

沃甫克笑了起来："没有灰熊——在北美洲多岩石的山里才有，我在曼·利德的作品里看到过。没有那种住在树洞里的喜马拉雅黑熊。白熊也没有——北冰洋才有呢。你可以高枕无忧啦！"

"我是诺夫哥罗德人。我们家乡的人说过，有时候在森林里也可以碰到白熊……"萨嘉不好意思地支吾道。

"有那样的熊，只不过毛色非常淡，不是白熊。我们观察到一些特别有意思的事，其中有这么一件：有一窝鸡貂住在一个集体农庄女庄员家的门廊底下。院子里老是有公鸡、母鸡来来去去的，鸡貂连碰都不碰它们。狼从来不偷附近村庄的羊吃，总是想法跑到远一些的地方去偷。所以，那家的女主人始终也不知道，她家里住着这么一窝强盗，做梦都想不到。

"良养活的小獾比比希加，也有意思极了，才有教养呢，比咱们强！喂，等一会儿良亲自叫它表演给你们看。"

沃甫克最后在发言中告诉大家,他在漂浮的"美洲"找到一个"美洲居民"——也就是那块漂浮的土地上的麝鼱。

植物考察小组的报告,由巴甫作开场白。他先"嗳……嗳……嗳"了半天,接着又是几个"这个……那个……",惹得大伙儿一个劲儿朝他摆手。

"请闭上尊口吧!还不如结巴呢!这简直打不起精神嘛!朵,请朵说!"

热情洋溢的朵恰好相反,一开口就像放机关枪,大家不得不时常打断她的话,请她重说一遍。

"在我们新大陆,土生土长的大树也不多,"朵噼里啪啦地说,活像有谁在用打字机打字似的,"实在不多——一棵、两棵,数几下子就没啦,比动物学小组的哺乳类动物还要少,特别是成群落生长的那些树:枞树、云杉、桦树——毛桦和白桦,赤杨,还有欧洲山杨,再就没啦。有些树单独生长:像山梨、稠李、橡树、野苹果树、滑皮和糙皮的榆树、小白杨树,有时候还有槭树、椵树给它们凑凑热闹。顶有意思的是柳树,河边、沼泽边,有高大的白柳,有爆竹柳,还有别的柳,各式各样的名称,多极啦:有青冈柳、拉伯兰柳、黑柳、青灰色皮的柳树、灰皮柳、耳柳——老老实地说呀,真的是大耳朵柳树!"朵停止了说话,因为她看到同学们都在笑。她讲不清楚"老老实实地说"这句话,因为字多太麻烦了,所以她就总把它说成"老老实地说"。"老老实地说,耳柳,还有花有 3 根雄蕊的柳树、花有 5 根雄蕊的柳树,还有叶子是特别样子的柳树,有芽是特别样子的柳树……除了这些以外,还有呢!我们这儿一共有 20 种各式各样的柳树。灌木也有的是哪!灌木有蔷薇、树莓、鼠李、荚蒾、榛子、岩高兰、疣点卫矛、红醋栗和黑醋栗、矶踯躅、帚石楠、熊葡萄、水越橘……"

"慢着，慢着，慢着！"柯尔克央告她说，"哎呀！你可真说走嘴啦！熊葡萄和水越橘算浆果，不是灌木吧？"

"没那事儿！"朵得意扬扬地说，"它们虽然是浆果，可还算灌木哩。还有半灌木：鹿蹄草、山茱萸、甘苦茄……还有小灌木：越橘、欧洲越橘、蔓越橘……"

"哎呀，哎，哎！"柯尔克双手捂着耳朵，叫道，"难道说，这些天赐之物全都生长在我们'新大陆'上？"

"你要是不信我的话，就问问巴甫，"朵不高兴地说，"这些植物，我全替他采集了标本啊！"

标本，是些用小白纸条粘在大张白纸上的细茎和叶子。看它们，花费了不少时间。每一张纸上，都整整齐齐地写着植物的俄文名称和拉丁文名称。少年哥伦布们夸奖巴甫是个"真正的实验室科学家"。

"我还没说完呢，"朵说，"还有从别处移植来的灌木和乔木，还有从上到下充满了蜜的澳大利亚巨树——林荫树呢！"

大家都很感兴趣，于是坐了下来。

"在我们'新大陆'，有许多从别处移植过来的植物，比方说像沃甫克的麝鼩那样的植物。"朵装模作样地说，尽力管住自己的快嗓门儿，"比方说，普通的马铃薯不也是从美洲移来的吗？可现在是我们的蔬菜。我们的花园里，有丁香、锦鸡儿、山楂、小檗、刺李、接骨木、崖柏、银白杨。这些植物也都是移植来的，有的来自南方，有的来自东方。可它们现在都住惯了，也禁得住我们这儿的冬天了——长得挺好！至于我们那棵来自澳大利亚的出色的巨树——林荫树（嗬，抬头一瞧它,头上的帽子都往下掉)是巴甫在新大陆附近发现的。它还有一个名字,要不要说?"

"什么名字?"大家闹哄哄地嚷起来,"说吧,说吧!"只有巴甫一个人把脸扭了过去。

"你怎么不吱声儿呀?"朵天真烂漫地问道,"难道你不觉得有意思吗?我找了几个女伴儿,特地跑了 13 千米路,为了搞明白为什么蜜蜂围着林荫树转。有人给它们从天边运来含有那么多蜜的树,将树在这里培育大了,真叫它们高兴死了。对吧,巴甫?"

"你既然已经知道了,那就……那就痛快地说吧。"巴甫的两条眉毛拧成了个疙瘩。

"我可知道了。我看你真是无中生有。根本没有什么地主从澳大利亚运来什么林荫树。不错,这种树这里不常见,可是在俄罗斯中部,要多少有多少,简直到处都是,这种树,叫作椴树。实验室科学家,你听说过这名字吗?给你一根干树枝,拿去做标本吧:这是含蜜很多的土生土长的树——椴树。就是那么一回事儿。"

"可……"由于出乎意料,这回巴甫真的结巴起来了,"可……为……为什么……这儿的人叫它是林荫树呢?"

"这儿的人叫它林荫树,因为农民没认出来这是森林里的椴树:这儿只有小叶椴树,就是小叶椴树,也很少见;地主们在他们庄园的林荫道两旁栽过椴树。对于农民说来,'林荫道'是个新语汇,他们给这种树取了个名字叫林荫树。"朵解释道。

"妙透了!"达尔·亭说,"这个发现,如果不算植物学的,也应该算是语言学的。北方诺夫哥罗德人给这样一种普通的树——椴树——取了个很美的土名字。"

后来，莱、咪和良都叫她们饲养的鸟兽表演给大家看了。

莱一手训练出来的小渡鸟，挨着个儿给每个人行礼，一面自我介绍："卡尔·克拉奇·克洛克！"

它听凭别人抚摸它的头，一摸，它就舒舒服服地把眼睑合起来，莱说："它在抛媚眼呢！"

咪抚养大的浅黑色的莫斯科山雀，在编辑部满屋乱飞，一会儿落在窗台上，一会儿飞到书柜上去查看每一条缝缝沟沟；有时候，用小爪子抓牢紧挨天花板处翘起点儿边的壁纸，从那儿用小眼睛瞅着大家。不过，只要咪按照山雀的歌声"奇——薇"，轻轻吹一声口哨，手心朝上把手一伸，山雀立刻飞来，落在她的手指头上。

有耐心的良，饲养大了一只黄褐色的小樫鸟（它的名字叫作库克），另外还有小獾比比希加。她的这两个学生，大家都非常喜爱。良是把它们放在一只木箱里带来的，这只木箱两面都钉有铁纱。她把木箱搁在地上，把库克放了出来。小獾像个小毛球儿似的蜷作一团，良柔声细气地叫它"比比希加，比比希加"，它才抬起头来。

"最近，它变成了一个瞌睡虫，"良说，"大概它到冬眠的时候了。"

"喂，比比希加，喂，小宝贝！"她又跟小獾说起话来，"把你的小碗儿给我送过来。"

懒洋洋的小胖獾怪不情愿地站起身，把木箱里一只小碗叼在嘴里，从笼子里走了出来。

"喂，作揖，作揖！"良十分亲热地说。

比比希加本来已经把小碗撂在地上，这时重新把它叼在嘴里，举起

两只前爪，用两条后腿立起来，就像小狗听见"作揖"的命令时一样。

趁它叼着小碗，良把她带来的几个小白面包捏碎，和一些炒熟的油菜，放在碗里，又把小碗接过来，搁在地板上，吹了声口哨，把正在书柜上跳跳蹦蹦的库克叫了过来。

库克马上落在碗边上，一点儿也不害怕正在吃饭的小獾。它把小脑袋一歪，"笃"，用嘴啄起一小块面包。

"库克！"良厉声厉色地说，"你应该说句什么话呀？"

"请——呀！"忽然樫鸟张口说起人话来了，发音挺准确，只是带一点哨声。大家全吃了一惊。

"樫鸟也属乌鸦科，"良解释道，"乌鸦、白嘴鸦、喜鹊、松鸦、樫鸟——这些鸟都非常灵。白头翁也灵。我认识一个人，住在咱们列宁格勒普列哈诺夫大街，她养了两只白头翁。一只已9岁了，个儿不大，毛色黑黑的。它的名字叫萨沙。它这辈子学会了42句话，真是个天才！

"它的女主人说，这样聪明的鸟很少。另外一只小白头翁米沙，只有3岁，它跟人就没那么亲近。萨沙呢，有时候会用小眼睛盯牢女主人，仿佛立刻要用小嘴啄一下她的嘴唇似的。它是个用功的学生，从来也不马马虎虎地乱发白头翁的哨音，可不像米沙那样。有些话，它是自己学会的。有小朋友去的时候，女主人常常对他们说：'轻点！轻点！'忽然间，白头翁从笼子里也对他们说：'轻点！轻点！'我的樫鸟呢，我向它来来回回说了许多次'请呀请呀'，它才学会。"

孩子们逼着黑老鸦自报了许多次姓名，又逼着令人愉快的樫鸟说了许多次"请呀请呀"。他们都要求莱和良再多教给它们几句话。

第九个月

报告:"新野兽"

来自远东的,来自俄罗斯历史的,来自南美和北美的移

民　点缀品　幻想和计划

10月,在学会的例会上,良和老海狼作了个以"我区的新兽"为题的报告。

"现代,"沃甫克开始说,"老居民们常常闹得很难为情。不久前,发生过这么一回事。一位老爷爷,坐在土墙旁晒太阳。他是当地老住户。当我们列宁格勒州叫作圣彼得堡州的时候,他就搬来住了。那时候,老爷爷还以打猎为生,他熟悉我们州里都有些什么野兽。

"忽然间,从树林里吵吵嚷嚷地跑出一群小孩子。

"'老爷爷,'他们喊着,'你看我们逮住一只什么样的野兽!'

"他们给他看一只从来没见过的小野兽,毛皮是杂色的,嘴巴尖尖,长着胡子。

"老爷爷看了看,说:'这是一只小狗儿呀,也不知是谁家养活的小狗。你们去打听打听看,问问别墅里的人,谁家养了这种小狗,把它还给主人吧!'

　　"孩子们发誓说,他们是在树林里找到的,在树根底下的一个洞里,那里面还有十几只这样的小狗,都跑掉了,是野的呢!

　　"老爷爷甚至生气了,说:'我怎么着,连野兽都不认得吗?这么说,是从谁家逃出来的一只母狗,在树林里下了窝狗崽子,就是那么一回事儿。既然不是小狐狸,不是小獾,也不是小狼,那就是只小狗。至于野狗,我们这儿是从来也没有过的。'

　　"老爷爷说得不错,正是'从来也没有过的',现在可有了。原先,在离我们这儿10000千米的地方,也就是在我们苏联另外一头——远东,乌苏里边区有野狗。一种很好的小野狗——经济价值很高的小毛皮兽,长得很像美洲的小熊——浣熊。它的名字也就叫作浣熊狗,又叫作乌苏里浣熊。1929年,我国的狩猎学家第一次试验,把20只这种狗,从东边移到西边来繁殖,试验成功了:小兽在新地方住惯了。那么,在1934年,人们就开始大批地迁移乌苏里浣熊。现在,我国的70多个地区,都有这种野兽了,而且都生活得很好。它们住在光线明亮的树林里、灌木间、高茂的草里、芦苇丛里。每年,一对浣熊狗最多能下15只小浣熊狗。冬天,在气候特别寒冷的地方,它们钻到洞里去冬眠。现在,这种兽在各处都繁殖了,这些地方都许可猎取它。

　　"这种小兽之所以有益,不仅是因为毛皮有用(做皮大衣用),而且因为它能吃掉许多老鼠和其他的啮齿动物。它们只有一个缺点:不管在哪儿找到松鸡、鹧鸪或野鸭的巢,那非得把它破坏掉不可。所

以,猎人们不喜欢浣熊狗……

"我刚才开了个头儿,讲的是老爷爷的事儿。后来,他更难为情了。

"老爷爷知道了,现在我们这儿不光是在消灭自古以来就有的野兽(就像我国把野牛消灭尽了一样),而且有新的野兽搬到我们这儿来。这可是想不到的事儿。小孩子们从小黑河边上跑来,讲起一种从来没听到过的野兽,说有这样一对野兽,在树林里小河边住了下来,在岸边给自己挖了个窠,房顶像个小丘,硬邦邦的,挖不开,大门在水底下。它们在那里面下了小兽,现在是全家一起劳动了。它们自己在树林里锯树,自己用牙把树锯成一段段,自己把那些一段段的树干、树枝拖到小河里去,自己把小河里的水拦起来,造一道堤。嗨,简直是建筑师嘛! 它们的样子像肥壮的狗,毛皮是棕色的,尾巴是革质的,很宽,像一把铲子。它们尾巴在水里一甩,隔了一里路都能听见。

"这下子,老爷爷可憋不住了。

"他说:'孩子们,你们怎么着? 在给我讲神话听吗? 你们以为老头儿老糊涂了吗? 你们以为老头儿什么也不懂,不知道在沙皇高洛赫时代,在我们这儿就有过这种野兽? 在那个时候,符拉基米尔·莫诺马赫王公顺着河边打过野牛、野猪,捉过海狸。可你们怎么着,想硬告诉我,海狸是像你们这种远东野狗一样移到我们这儿来的?'

"老爷爷不知道,在俄国,海狸没有被打尽,到现代为止,总的说起来,各处还保留下来了不到 1000 只。革命后,我们使海狸在禁猎区里繁殖起来,然后把它们分移到 50 个地区和边区去了。

"我在深渊湖上发现的麝鼦,也就是北美洲的大水鼦,第一次是1929 年放到我们这里来的。现在,它以飞快的速度,几乎在全国各地繁殖和移居，从1937年起，就定在政府毛皮收购计划内了。拿全苏联的比例来说，它能供给全部毛皮的40%。猎人们吃它的肉，据说很好吃。

"另外一种美洲动物——南美水獭——是一种个儿大的啮齿动物，它的生活方式也是水陆两栖。跟麝鼳一样，它来自南美洲，现在在我国亚热带生活。它的毛皮上有一种又长又硬的刚毛，一般把这种刚毛拔掉后充作猴皮。最近几年来，我们很成功地把南美水獭移到北方来了——已经移到了雅罗斯拉夫尔克州、鄂木斯克州和库尔干州。

"那种和我们的乌苏里小狗非常相像、模样滑稽的林中小熊——浣熊，在我国的北方高加索和南方吉尔吉兹，都顺利地住了下来。如果你们在树林里看见一只个儿小小、毛发蓬松的棕灰色兽儿，捉到老鼠不吃，而是先叼到小河边，放在清水里涮个干净，然后，吃饱了爬上树，钻进树洞里去睡觉，就可以知道，这就是真正的美国浣熊。在吃一块肉以前，它总是把那块肉先浸在水里洗干净。

"有一种非常滑稽的小兽，眼睛小小的，尾巴当中扁扁的，鼻子又长又灵活。最近几年来，你在平静的小河边，或者旧河床边，都可能碰到它。当你看见这种大鼻兽把长鼻子东甩一下，西甩一下，狼吞虎咽地大吃蜗牛和马蛭的时候，你会笑得肚子痛。这种小兽，本来也差不多被人消灭干净了，但是我们抢救了它的最后几代——现在正在使它更生中，它的名字叫作麝鼠。

"克里木从来没有灰鼠。可是，生长坚果和球果的树林要多少有多少。于是我们就把西伯利亚灰鼠移到那儿去了，它们在那儿很好地住惯了,靠坚果、针叶树种子、橡实、野果和蘑菇为生。

"西伯利亚呢,从前没有灰白兔。现在——请吧!——不仅在西伯利亚西部可以打到灰白兔,而且在西伯利亚东部——克拉斯诺亚尔斯克边疆区、克麦罗沃州、伊尔库茨克州等地——都可以打到。那些地方,现在有一种新的兔子穿了皮袄到处跑呢!

"不过,不能光想衣食两件事呀,也得想想'美'的问题。"

"等一等,沃甫克!"良忽然打断了他的话,"这个题目还是由我来讲吧!

"你们看见过梅花鹿吗?在我国的远东,有梅花鹿,那才叫美呢!眼睛像拉法埃利画的圣母玛利亚一样,耳朵像两朵花,雕塑般的细腿,毛皮上仿佛布满了日光的斑点,公鹿头上,还有两只枝枝丫丫的美丽犄角。哎,你们说美不美吧!

"就是这种美丽的动物,在遥远的海边差不多被打得绝了种的美丽的动物,运到我们的禁猎区来了。我们的禁猎区不仅禁止打它们,还保护它们,不叫它们受到它们的主要敌人——狼——的迫害。不久前,一批梅花鹿被运到莫斯科附近的树林和公园里来了。这是为了美化环境。无论什么地方,它们都在生活和繁殖着。了不起吧!"

少年哥伦布学会的全体会员一致认为这是件了不起的事。后来,他们就开始琢磨,等到他们大学毕业,成了科学家的时候,他们还可以移一些什么野兽来,叫哪一些野兽在我国住下来。

安德想把堪察加种海狸,从科曼多尔群岛移过来,这是一种非常好的野兽。全世界的海狸十分稀少。让它们从水里探出半个身子,把它们吃奶的孩子抱在怀里,悠来悠去地哄吧。

女孩子们一致决定：在我们这一带饲养美丽的非洲羚羊；女画家茜发誓要叫长颈鹿习惯我们这里的水土。

柯尔克一声不吭，在拼命地动脑筋想什么。人家一叫他，把他吓了一跳，他才开口说：

"我将来到南极去，把企鹅从南极移到我们北极来。"

他这突如其来的发言，引起了一场哄堂大笑。

"你是知道的，企鹅是鸟类。可我们在谈野兽的事儿。"

柯尔克臊得满脸通红，恼羞成怒，放大炮似的说：

"是鸟又怎么的，比什么野兽都强哩！不会飞，小企鹅又像长了一身毛似的。为什么不在我们的北冰洋饲养企鹅呢？一定可以服水土的！也该想想鸟类的事，开始叫鸟类习惯于新环境了。"

少年哥伦布们都表示同意，同意的确是该这样做了，同意非常需要试验一下，把企鹅移到苏联的北方岛屿上来。

谈到这里，会就结束了。

第十个月

吉特的报告：林中游戏和运动

赛跑　跳高比赛　跳雪　障碍物滑雪　跳水　空中杂技

演员　地下赛跑　跳伞　鸟的接力叫　赛睡

鼎鼎大名的林中实事与林中谎话专家吉特，要求加入少年哥伦布学会。大家请他作入会报告，题目由他自己选择。

这就是他的报告：

"世界上，所有的小孩子、小娃娃的游戏都是一样的，"吉特说道，"第一，玩抓人。第二，玩捉迷藏。还玩'抢房子'游戏：一个站在小山上，保护着自己的房子；一个从底下冲上去，想把他撞倒。如果把他撞倒了，就占他的位置。这个游戏，小鹿、小羊什么的顶爱玩，抓人和捉迷藏，所有的小兽儿和小鸟儿都爱玩。"

"唉，林中游戏是这样的，"少年哥伦布们同意道，"那么'林中运动'是怎么回事儿呢？"

"唔，运动，它们也要运动的，"吉特说，"不过，它们的运动呀，怎么说好呢……恰好和我们相反。我们运动跟玩儿一样——我们的竞赛是假的，主要是为了健康，野兽的竞赛却不是闹着玩儿，有时甚至是你死我活的。

"百米赛跑。比方说，有各式各样的快腿野兽，集合在林中的一块大空地上，忽然一只野兽高喊一声'猎人'，接着是一声枪响。

"兔子连蹿带跑————口气就是100米！后腿都跑到前腿的前头去了。头一个跑进了树林。这一下，就打破了赛跑的世界纪录！

"跳高。这项运动的冠军，真是出人意料，你们猜是谁？是体重大的选手麋鹿！在它住的那片树林四周，围了一道215厘米高的栅栏。这个大块头，走到离栅栏几步远的地方，差不多连跑都没跑，像只小鸟似的一个腾身就过去了。

"这只'小鸟'的体重是407.255千克。

"跳雪。有些树林中的野鸡，在雪底下过夜。雄松鸡和雌松鸡是这方面的行家。白天，它们高高地蹲在桦树上，吃桦树的花。太阳一落山，它们马上一只跟一只，从树枝上翻下来，钻进深雪。在那雪洞里面，它们又暖和又舒服。它们掉在雪里的时候撞出来的窟窿，自己就被雪盖起来了。你试试看，怎样从这样的隐蔽所里把它们找出来。

"障碍物滑雪。被狐狸从小山顶上灌木下的洞里撵出来的雪兔，头一个滑到小山脚下来了。大家都知道，雪兔是出名的'山上逃跑家'。因为它的后腿比前腿长得多，所以在山里跑起来，它可太方便了。为了逃脱狐狸，往山下奔跑的时候，在陡峭的山坡上，它三次跳过树桩，一个跟斗翻过灌木丛，像这样，一个跟斗，又一个跟斗，就翻到了小山脚……这时,它已经像个大雪球了。到了坡底下,这个雪球跳起来,把身上的雪抖落掉,钻进密林里去不见了。

"跳水。你们会问我:'怎么跳水呢? 现在是冬天,大江小河和湖泊都被厚厚的冰封起来了,被雪盖起来了。'我要回答你们:'那么,冰窟窿呢? 还有,因为底下有温泉,所以不封冻的水面呢?'

"一只跟白头翁一样大的小鸟,在冰上跳跳蹦蹦,唱着一支快乐的歌儿;忽然间,扑通,头冲下钻进冰窟窿里去了。现在,它在水底下跑,用歪歪斜斜的脚爪钩住多石的河底。它浑身上下好似穿着一件银衫——这是它吐出来的气泡跟着它走。

"现在,它边跑边用嘴掀开一块小石子,从石子底下叼出一只水里的小甲虫,扑扑小翅膀,飞到冰天花板下,然后从另一个冰窟窿飞出来了。

"这是有名的跳冰水的苏联冠军——水雀,又叫作河鸟。请吧,就是现在在我们列宁格勒州内,比方说,在彼得罗宫,在托克索夫,在奥列结日,也可以看到它。

"空中杂技。特别精通这项运动的,是身轻体巧、动作优美的大尾巴小野兽,我们叫它们松鼠。在绿色的树林帐篷顶下,它们表演叫人看了头晕目眩的节目。这些节目包括:

"头冲上沿树干螺旋式飞奔上升;

"头冲下沿树干螺旋式飞奔下降;

"在帐篷顶下,从一根坚硬的粗枝跳上另一根粗枝;

"在帐篷顶下,从一根摇晃的树枝梢,跳上另一根;

"从跳板,也就是从富有弹力的树枝,往下跳;

"出乎演员自己意料地在空中翻跟斗。

"在阔叶树林和针叶树林里，松鼠都被公认为各种空中杂技的冠军。

"地下赛跑。这项运动唯一的功勋运动员，是鼹鼠。在这方面，鼩鼱可远不及它。鼹鼠用有尖爪的前脚扒开自己前面的泥土（它的前脚朝外撇，掌心向外），能够用地面上行走的人的速度奔跑。

"跳伞。灰色的飞松鼠，就是鼯鼠，是跳伞专家。降落伞是它自己身上的薄膜，长在它前脚和后脚之间，上面长着一层短短的软毛。

"鼯鼠爬到树梢上，然后突然用四只脚一齐往树枝上一蹬，伸直四只小脚爪，长开它的小降落伞，就飞翔起来了。它在空中飞约25米，降落在林中空地那一头的低树枝上。

"鸟的接力叫。猎人蹬滑雪板顺野猪群的足迹滑行。顺便说说：革命前，我国的野猪差不多被消灭尽了，现在因为受到猎规的保护，所以大批繁殖起来了。现在差不多在列宁格勒附近都有野猪了。

"我刚才说，有一个猎人顺着小野猪群的脚印滑雪，脚印子从田野通向树林。猎人为了在铺雪的树林里不被鸟兽发现，故意身穿白衫；可是，他刚刚走到树林边，就被树上一只喜鹊看见了。

"'喳，喳，喳！'喜鹊大叫起来，'喳，喳，喳！来，人，啦！枪，枪，枪！喳，喳，喳！'

"一小群野猪，用美味的橡实填饱肚子，正安安稳稳在树林中的空地上一棵大橡树下的雪里睡觉。它们当然没听见喜鹊惊慌失措的叫声。

"喜鹊的叫声，却被林中的淡蓝色翅膀的老鸦——松鸦——听到

了。它用刺耳的声音，跟着喜鹊叫了起来："哇，哇，哇！快，跑，吧！"它一边叫，一边急急忙忙飞到密林里去了。

"密林里，黄褐色的小林鸦——樫鸟——又跟着松鸦叫了起来。'克依，克依，克依，克依！'它们有它们自己的调子，那难听的声音那样响，把正在一棵大云杉顶上打瞌睡的大黑老鸦吓得一哆嗦，它立刻跟着樫鸟叫起来了。

"它老声老气地叫道：'克尔洛克！克尔洛克！不得了啦！'

"它的叫声未停，橡树下一只小佳雀，用尖细尖细的刺耳喉音叫起来了：

"'特尔……逃尔……'它正好在躺在雪地里睡大觉的野猪耳边叫。

"野猪吓噜一声喊，跳起身，撒腿就跑，一直冲过了灌木丛。这一阵噼里啪啦的动静，猎人离得老远就听见了。他气狠狠地啐了一口唾沫，把滑雪板掉了个方向，回家去了。

"树林里有这种接力叫，你怎么能神不知鬼不觉地走到野兽跟前去呢？

"不平凡的竞赛。树林里的睡觉爱好家们，宣布了独特的竞赛条件：谁睡觉睡得最多。

"睡觉规则：

"1.谁乐意在哪儿睡，就在哪儿睡；乐意怎么睡，就怎么睡。唯一条件，是中途不许醒。谁要是睁开眼睛，从洞里爬出来（哪怕出来1分钟），马上认为它的睡觉结束了。

"2.不禁止做梦：乐意做梦，就做；不乐意做梦，就安安稳稳地睡，不用做梦。

"3. 所有的瞌睡虫都得在一天里开始睡——就是在冬季下初雪（不融化的雪）的前一天。

"附注：为了掩盖住踪迹——通往野兽小路的足迹——得在下雪前进洞。林中野兽能百分之百正确地感觉到冬季的来临。

"4. 谁睡觉睡得最多，谁就算得胜（因为，春天越长，树林里的生活就越饱暖）。

"参加竞赛的有：

"1. 熊。它的洞府在互相交叉倒在地上的两棵云杉下，安排得很完善，它就在这个洞里入睡了。

"2. 獾。它在树林中间的一座沙丘里挖了个洞，这个洞很深，又干燥，又暖和。

"3. 大蝙蝠。在萨布林卡河的高岸上有人挖的深洞，蝙蝠用后脚的利爪抓住洞顶，像披斗篷似的用翅膀把自己裹起来，就这么头冲下脚冲上睡着了。它认为用这种姿势睡觉，最方便。

"4. 小野鼠。它在杜松上离地约1.5米高的地方，用草做了一个窠，把窠口用一小束干苔藓堵上了。

"这四位瞌睡虫，都是在秋季最后一天——在冬季第一次下大雪前——进的洞。

"头一个犯了赛睡规则的，是小野鼠。

"它睡了一两个星期，在梦里觉得饿得要命……终于饿醒了，轻轻推开堵着窝口的干苔，从卧房里小心地探出头，看到附近没人，便悄悄溜了出来。就在这棵杜松上，它有另外一个窠——储藏室，里面收藏着防备挨饿时吃的粮食。小野鼠在储藏室里填饱了肚子，又小心翼翼地钻回小卧房里去,用干苔把房门堵上,蜷作一团睡着了。它蛮有把握,认为自己没有被任何人看见。它做了个甜蜜的梦,梦见赛睡得了冠军,得了一份顶甜顶甜的奖品——整整1千克块糖。

"哪知当它下一次睁开眼睛,刚从小卧房探出头,打算再溜到小储藏室里去吃点东西时,林中鸟兽一齐对它哄然大笑。

"原来有一只小松鼠看见了小野鼠溜到储藏室里去,讲给喜鹊听了。要是喜鹊知道了,那就不用怀疑:马上谁都会知道——这个多嘴多舌的家伙,会在整个树林里胡讲一气。

"小野鼠长期不吃饭受不了啦,因为它是个小不点儿呀! 不过,那也没法子:这个竞赛的规则,大家都得遵守。

"小野鼠被从赛睡者的队伍里清除出去了。

"第二个犯规则的是貛。平常,它总是在自己的洞里一觉睡到春天,可是这回呢,也不知是过冬用的脂肪储存得太少,还是在洞里感觉到天气转暖,总之,它醒了,一醒,把规则也忘了,睡眼惺忪地从洞里爬了出来。唉,这下子可完啰! 人家也立刻认为它结束了睡眠。

"狗熊,本来大家也想开除它,大冬天的,谁叫它打开洞穴的小窗口往外偷看呀！可是,狗熊向大家说,它这是在梦里干的事儿;它说,它现在还没醒呢,在 4 月以前,它是不会出洞的,不信,去问问《森林报》编辑部。

　　"敢情这是实话。不过,得奖的到底不是狗熊,而是蝙蝠。它用竖蜻蜓的姿势一觉睡到 5 月。5 月里,有许多带翅膀的昆虫在空中飞来飞去,它有东西可吃了。"

第十一个月

"化装法庭"

受审盗窃球果案　受审咬坏树木案　受审五名被害者案
审判员的结束辞

在少年哥伦布学会会址的大门上,贴出一张涂得五颜六色的广告:

> 规模宏大的化装法庭
>
> 2 月 12 日 20 点 30 分在此地开庭公审
>
> 参加者须持少年哥伦布学会所发之入场券

到了规定的时间,少年哥伦布学会全体会员都来了;还有许多邀请来的客人,他们都是《森林报》的读者,差不多所有的人都穿了特制的衣服,戴着面具,化装成各种鸟兽。他们把旁听席里所有的空位子都坐满了。

在审判员的桌子后面,摆着三把很深的围椅——这三把椅子暂时还是空的。当中一把的上面，贴着一张纸，写着三个字：审判员。

边上两把椅子上面，贴着比较小一些的纸条：植物学家、陪审员，造林学家、陪审员。

桌子左面，椅子上面的墙上，也贴着几个字：记录员。右面是起诉员。起诉员后头，是辩护人的椅子；记录员后头，是原告的椅子。被告们的板凳，放在审判员的桌子前面，差不多和听众在一起。两个戴面具的人，坐在左右两旁：一个是尖耳朵猎狗莱卡，一个是红猎狗赛脱尔。忽然间，他们跳起身来，喊道："起立！审判员来了！"

大家全体起立。三位学者走进房间，坐在三把围椅上。走到主席的位子前去的，是审判员——生物学博士伊凡诺夫。坐到两位陪审员的椅子上去的，是两位大胡子老头儿——一位是植物学家，一位是造林学家。审判员宣布：

"原告是黑衣人怀·朱·任列导。"审判员说完，又坐下了。

茜、拉甫和安德——他们三人都没戴面具——坐到"辩护人"的座位上，他们的样子都很谦虚。原告两手捧了一大抱东西，闯入法庭：他手里是一大堆铁的捕兽器和木头的捕兽夹子，肩膀上挂着双筒枪，兜里露出的是弹弓。他把捕兽器和捕兽夹子往地板上一摞，转过身来向审判员说："我刚从树林里回来。"据旁听者们推测，这些东西正是他从树林里没收的"物证"。他把双筒枪丢在捕兽器上，就往椅子上坐下。

这时，审判员宣布：

"首先听审关于控告松鼠、花啄木鸟和交喙鸟盗窃自然财富的案件。所盗窃的东西是松树和云杉的种子基金，也就是球果。原告人怀·朱·任列导。把被告带上来。"

莱卡和赛脱尔从座位上跳起来,过了大约一分钟的工夫,就把三个戴面具、穿化装服的被告带了进来,让他们坐在板凳上。这三个被告是:有一根蓬松大尾巴的"灰鼠",戴粉红色帽子、穿鲜玫瑰色裤子、花花绿绿衣服的"啄木鸟",有一张上下交叉、复杂的嘴的橙红色"交嘴鸟"。

这时候,黑衣人猛地站起身来说:"审判员公民们,同志们! 请看看这几个违法者,这几个惊人的寄生虫! 不分冬夏,它们盗窃了几吨人民的自然财富! 这三个罪犯都是我在现场捉到的。它们三个,有的用牙,有的用嘴,从活的云杉和松树上扯下球果,从球果里掏出种子,恬不知耻地把种子吞到肚里去。灰鼠用它那跟凿子一样尖利的门牙往下扯球果。啄木鸟用跟錾子一样坚固的嘴啄。交嘴鸟用一种特别的工具,像技巧高明的大盗用的万能钥匙。灰鼠甚至把很大的云杉球果都啃光了,只剩下个柄。啄木鸟给自己安排了一个特别的车间,或者说加工场,把球果放在架子上,用它随身携带的凿子进行加工后,把空球果扔在地上,再加工新的。交嘴鸟呢,它总是掏空一两个鳞片,吃两三粒松子,然后用跟剪子一样的嘴,把球果从树枝上剪掉,丢在地上。这从道德品质的角度来说,更为糟糕:既然要吃,就把它吃完呀! 干吗浪费公家的……这怎么说,唔,到处浪费人民财产! 交嘴鸟一年到头在针叶树林里,不分冬夏,从树上往下扯球果。啄木鸟和灰鼠本来可以很好地靠枯松树和枯云杉生活———一棵树就够它们吃的了——可是,不成,它们专吃种子,这是吃树木的小家伙呀! 坏东西!

"云杉林和松树林,是我们祖国引以为豪的财富。这三个被告却给这财富带来了多大的损害,造成了多大的恶果呀!为了这个缘故,我要求把所有的灰鼠、交喙鸟和啄木鸟都处以极刑——枪毙!"

大厅里响起了一片闷声闷气的低语声。

女画家茜匆忙站起来,举手,问审判员:

"我可以讲话吗?"

审判员点点头。

"同志们!"茜慷慨激昂地对戴面具的人们说,"这太可怕了!太可怕了!我简直不相信自己的耳朵了。关于我们新大陆上的这些小土著,任列导在这儿说了些什么话呀?把它们全体枪毙?那么,以后还叫我们去欣赏什么呢?请你们瞧瞧,灰鼠是多么的美丽、多么的可爱,它一举一动是多么的文雅!你们记得那句诗吗?'我看见棕色小水手的大尾巴。'把这样穿银灰色皮大衣的小美人儿枪毙?把这有滑稽的嘴、长得像鹦鹉似的橙红色漂亮家伙——交喙鸟——也枪毙?把这戴黑条红帽子、穿粉红色裤子,有大翅膀、大长嘴,好像从童话里钻出来的小家伙——啄木鸟——枪毙?简直是发疯了!只为了这几个可爱的漂亮家伙吃掉几颗松子,就把它们枪毙?谁说得出这种话?有谁举手赞成枪毙它们?"

"等一会儿!我发言!"拉甫要求道。

茜坐下了。诗人拉甫用激动的声音朗诵道:

"灰鼠、啄木鸟和交喙鸟,
都是雄伟森林的儿孙。

多嘴多舌的原告，

何必无故地控告它们！

人们在婴儿时期，

也要吃妈妈的奶。

难道说把这些婴儿，

也全部送上法庭？

"爱鸟兽的人，是把它们看作小孩子的。可是任列导恨它们，把它们每一个都只看作罪犯。任列导没有权力给它们判加罪名。我的话说完了。"

黑衣人露出满脸讥讽的笑容，也不站起来，就说起话来，审判员没来得及拦住他。他说：

"要是光看它们长得怎么漂亮呀，怎么可爱呀，那当然……"

可是他刚说了半句，安德就站了起来。安德镇定得像一座山似的，说道：

"我要求发言。"

他向原告提出一个问题：

"请问，今年7月15日，是不是这位年少的女公民在树林里碰到了您？您手里拿着枪和捕兽器。"安德说道，用手指着一个小姑娘。

"一点儿也不错！"任列导还是没站起来，轻蔑地微笑着，有板有眼地说，"她碰见了我，我带着枪和捕兽器。很可能，她听见我放枪；很可能，她看见我为了执行公务，逮捕了目前坐在板凳上的这几个罪犯。"

但是，安德泰然自若地接着说：

"审判员公民们，和我站在相同立场的拉甫，刚才说的话可太对了。不能够因为交喙鸟、啄木鸟和灰鼠享用了树林的礼物，就给它们判加罪名。原因很简单，因为它们自己也是森林的儿女。请瞧瞧看，云杉和松树每年要白白丢下多少种子，这些种子完全浪费了，以后，它们就在不适宜的土壤里烂掉。你们看了这种情况，就可以明白，吃到林中全体鸟兽肚里去的那一部分种子，简直是微不足道了。

"不消说，原告是在宣传崇高的道德品质：说什么交喙鸟浪费球果，没有把松子掏空，就把球果扔掉了。其实，应该给这位交喙鸟鞠个大躬呢！它们把差不多是饱满的球果丢在地上；到冬天，在饥荒最严重的时候，我们这儿最贵重的小兽——就是那灰鼠——全靠交喙鸟喂养哩！灰鼠皮是我国毛皮业的基础，每年带来价值几百万卢布的财富。冬天，松树枝和云杉枝上都封着冰，覆着雪，滑溜得要命，灰鼠可不容易攀到这样的树枝上去采球果。那么，它就捡交喙鸟扔下的球果，随便蹲在底下哪个树墩上，把球果吃完。

"再说啄木鸟。我们的诗人说，应该爱动物，只有爱动物，才能对它们公平地裁判。我想再加一句：要爱动物，还要熟悉动物。不错，有一种花花绿绿的啄木鸟，从树上扯下球果来，运到自己的树墩架子上去，用跟錾子一样坚固的嘴把它凿开。不过，你们放在这条板凳上的被告，根本不是那只花啄木鸟。这只啄木鸟的嘴不那么硬，它从来也不凿球果。那只花啄木鸟的翅膀上，有白色的斑点，脊背是黑的，'裤子'是红的。这只啄木鸟，是阔叶树林里的居民，是白脊背花啄木鸟。它的'裤子'是粉红色的，翅膀是黑的，脊背是白的。每一只啄木鸟都有很大的益处,这是别人没法顶替的,特别是黑脊背啄木鸟,也就是大花啄木鸟。它像个真正的医生给病人听诊似的,敲打着每一棵害病的树,用结实的嘴在坚硬的树干上凿出一条缝,从树缝里掏出害虫的幼虫。你把啄木鸟的利弊权衡一下,就会觉得控告它盗窃林木财富,是非常可笑的行为。"

安德给审判员行了个礼,笑眯眯地坐在自己的位子上了。

当安德不慌不忙发言的时候,原告简直如坐针毡,没等得及审判员的许可,他就发言了。

"审判员公民们,我向你们呼吁:怎么可以否认亲眼看到的事情呢?

"这三个罪犯都在破坏最贵重的树种。我要求你们记住:松木是用来造房子、造帆柱、造纸的,云杉是世界上顶富有音乐性的树——人们用云杉木制造提琴。谁要是袒护这些罪犯,那太可耻了!我的话说完了。"

"现在退庭,需要开个会。"审判员说着,站了起来。

审判员们开会的时候,大厅里一片乱哄哄。有人嚷:"要判重刑!"有人嚷:"那咱们可不答应!"有人嚷:"你可做不得主!这是要由专家们来决定的!"有人嚷:"这穿一身黑的人是打哪儿来的?他是谁?"

这时候,审判员和陪审员们进来了,大厅里又肃静起来。审判员——生物学博士站在那儿,宣读判决书:

"我们听取了关于控告灰鼠、交喙鸟和啄木鸟盗窃针叶树林种子的案件,并且讨论了原告和辩护人双方的论据后,由三位科学家组成的生物法庭议决:

"灰鼠、交喙鸟和啄木鸟的罪名不能成立,特宣布其无罪,予以释放。"

审判员坐下。大厅里安静了下来。

"现在开审关于控告林鼷鼠和棕色小田鼠啃坏各种树木的案件。"

原告起立,说道:

"审判员公民们,这些模样可爱的小鼠……我强调一下,模样可爱的,"他望望辩护人,用挑衅的口吻说,"属于世界上最有害的啮齿动物。夏天,它们吃植物种子,对各种树木危害不浅。在做过冬准备的时候,它们在洞里贮藏大量的种子,用种子装满它们的地下仓库。有过一件闻名全球的事:这些外表可爱的小啮齿动物咬坏了森林、田地,甚至人住的房子,造成了极大的灾害。虽然普通老鼠的尾巴长,田鼠的尾巴短,鼠类总归是鼠类。我们的亲爱的、富于同情心的孩子们,也完全没有必要在这里挺身出来为它们辩护。它们是到处乱啃的。我向……全体在场者呼吁,请你们做见证人。"

主席开始挨着个儿叫在场的穿化装服的人的名字。

他们站起来,走到审判员的桌前,每个人都说:"我对老鼠和田鼠是非常熟悉的。我证明它们吃种子。"

走过去的有"狐狸""鸡貂""伶鼬""熊"……这当口,有一个人嚷道:"狗熊,你挤到这儿干什么来了?"

"熊"怪不好意思地用脚爪遮住眼睛,回答道:

"这种事也是有的呀:我翻木头的时候,一翻,翻出一只老鼠来。我认得它……"

再跟在后面的,是鸟类:"喜鹊"、"乌鸦"、"兀鹰"、两只小鹰"游隼"和"茶隼"、"鸥鸺"、"灰鹰鸮"、"雕鸮"、"毛腿渔鸮"、"普通鸮"。

"那么,全庭没有一个在场者敢硬说,林鼹鼠和田鼠不吃种子,不给我们祖国的森林造成极其可怕的损失。结论是清清楚楚的。我要求宣告用一切方法来消灭罪犯,比方说:往洞里灌水,往洞里放各式各样的毒药,安置捕鼠夹子、捕鼠器、打鼠器,挖捕捉林鼹鼠和田鼠的陷阱。我的话说完了。"

三个辩护人发窘地你看看我,我看看你,他们……根本没要求发言。只有拉甫坐在自己的位子上坚决地说:"我保留自己原来的意见。"全体化装者都很困惑,发愁地沉默着。在这种情况下,审判员和陪审员们只好退庭去开会。

他们去了半天也不回来。后来,好容易他们又回来了,坐在原处。

"我们听取了关于控告林鼹鼠和棕色小田鼠的案件,并且商讨了这两种啮齿动物损害各种树木,给森林造成难以弥补的损失的罪状。现在,由三位科学家组成的生物法庭议决。

"以科学家们最近的工作为根据,应该认为,对于森林,与其说林鼹鼠和田鼠的活动是有害的,倒不如说是有益的。科学家们确定了:这些啮齿动物并不吃林木种子,而只是大量地吃森林中野草的种子。森林中野草长得非常茂密,一棵孱弱的小树苗是没法从这些野草中间钻出来的——只要它们从泥土里一露头,野草就会立刻让它们窒息而死。但是,有上面所提到的那些啮齿动物来帮助它们——它们吃野草的种子,使林中的野草变得比原来稀少得多。这样,就让各种各样新生的小树苗可以成长了。如果没有这些小啮齿动物,那我国的森林可能都要死光了。

"生物法庭议决:无条件地推翻'把林鼹鼠和田鼠消灭干净'的判

决。恢复林鼹鼠和棕色小田鼠在森林中居住的权利,予以释放。

"刚才排在我们面前的那长长的行列中,都是和它们非常熟悉的鸟兽,这还没有包括全体熟悉它们的鸟兽。这些鸟兽都叫人信服地证明,林鼹鼠和田鼠有无数的仇敌。鸟兽要吃掉多少林鼹鼠和田鼠啊,多得数不清! 这些对森林有益的啮齿动物,如果人类不希望把它们消灭干净(因为把它们消灭干净,森林也就完了),就绝对不应该把这两种啮齿动物,列在被歼灭者的名单内。"

审判员行了个礼,坐下。

现在,坐在被告席上的,是林中全体鸟兽的不共戴天的敌人——灰苍鹰。

旁听席里的人在低声交谈:

"……这没什么可惜的!"

审判员念道:

"7月17日,任列导公民在森林中苔藓沼泽地上,偶然惊起一窝白鹧鸪。这时,小鹧鸪已经有母鹧鸪的四分之三大了,早已学会飞了。小鹧鸪还没来得及飞到森林,忽然从森林边上飞出一只苍鹰,闪电似的向鹧鸪扑去。碰巧猎人的霰弹枪的两根枪筒里都没有弹药,猎人没来得及装上子弹,于是眼睁睁看着苍鹰把鹧鸪抓住,带到森林里去了。

"第二天,还是在这片沼泽地上,任列导又眼睁睁着苍鹰抓走两只鹧鸪和一只翅膀受伤的小松鸡。

"不过,这个凶手最重大的罪行,还是在初夏犯的那件。那天,原告在森林里找到一窝松鸡,一共有六只,小极了,身上还长着黄澄澄的绒毛。正赶上松鸡妈妈在小松鸡身旁。松鸡妈妈想把猎人'诱'到一边去，叫他离开藏在蕨丛里面的小松鸡——遇到这种事的时候，它们总是这样做的。母松鸡飞到地上，耷拉着翅膀在地上慢慢地走，假装受了伤，猎人用一根棍子把它轰了起来；哪知一只苍鹰躲在树上，利用了母松鸡的愚蠢，看到它不能飞，就冲过去，抓住它的背。这样一来，六只小松鸡就成了孤儿。"

申诉人的话音刚落，任列导就站起来，声色俱厉地说：

"事情是明摆在这儿，所以我不再重复控诉了。"

辩护人陆续地站了起来——仍旧是三个人，只是这一次猎人柯尔克代替了安德，因为这件事是和野禽有关的。他们都拒绝为被告辩护。只有柯尔克站起来说：

"我恳切地要求审判员公民回想一下，关于挪威的白鹧鸪和松鸡，布徒尔林跟我们大家说过些什么。"

审判员默默地向他点点头，然后和陪审员们站起来，走出了大厅。

他们还从来没商议过这么长时间。好容易他们回来了。

审判员说："请允许我告诉你们，猎人柯尔克提醒了我们什么事情。我顺带指出：所有猎人都非常憎恨苍鹰，因为这可怕的猛禽，可以说是消灭针叶林中的野禽的专家，而这种野禽，正是猎人们特别珍视的。

"猎人柯尔克鼓起了勇气，在被告的生死关头，提醒我们，我国的优秀鸟类学家布徒尔林讲过的一件事。这是关于我们邻国挪威的白鹧鸪的事儿。

"布徒尔林告诉我们，在挪威的高地苔原上，有许多白鹧鸪。猎取这种白鹬鸪,是当地居民的副业。那一带地方,鹬鸪唯一的敌人是苍鹰。无数的鹬鸪,特别是小鹬鸪,在苍鹰的利爪下送了命。于是挪威人就把他们那里所有的苍鹰都打死了。可是过了几年,他们不得不从我们苏联运去一批苍鹰,因为苍鹰没有了,苍鹰的牺牲品也开始很快地灭亡。

"你乍一听,认为这是胡说八道。你再仔细研究一下,就可以知道,这不是胡说八道,而是合乎规律的。

"猛禽所吃掉的,都是些体质最弱的、有病的鹬鸪。身强体壮、飞得快、细心的鹬鸪,很不容易被苍鹰捉到,弱不禁风、粗心的鹬鸪却很难逃生。等到没有了苍鹰,就没有谁来捉走有病的、孱弱的鹬鸪了——在鹬鸪之间,开始流行传染病,因此它们很快衰落下去了。有一句俗语说得好:'为什么大海里要有梭鱼,这是为了叫鲫鱼别打瞌睡。'

"以这个事实为根据,由三位科学家组成的生物法庭议决:

"第一,不判决苍鹰死刑,也不宣告它无罪。

"第二,立刻把任列导监禁起来,并且对他进行最严格的审判,罪名是盗窃国家自然财富。"

真出人意料,这件事来了个一百八十度的大转弯,这把大家闹得目瞪口呆。谁也不能立刻明白究竟发生了什么事。

人们忽然心慌意乱,被原告利用了:他那高大的黑色身躯匆匆向出口移去。赛脱尔和莱卡把"苍鹰"释放后,想向逃亡者扑过去,可是,晚了,他喊了一声:"你们逮捕不了我——我不是盗窃犯!"然后在他们面前把门一摔,就跑掉了。

直到审判员的安详声音重新响起来的时候,大厅里的人们才清醒过来。

"公民们，不要发慌！这个穿一身黑衣服、戴半截黑面具的人，把所有的鸟兽都告了，其实他自己的罪名比谁都大。从我们手里，他逃不掉的，他没处藏的。你们有没有注意到，他把自己告了？

"他证实了喜鹊的证言，说在 7 月 15 日那一天，也就是在禁止所有的人打猎或捕捉鸟兽的盛夏，他带着枪和捕鸟兽器，到森林里去了。他控告鸟类，说它们犯了各式各样的大罪，实际上，他自己连两种不同的花啄木鸟都分不清。他听说鼠类是'有害的'，可是没有去下点功夫了解一下，什么鼠，在什么地方，在什么样的条件之下是有害的。不知道为什么，在 7 月 17 日那一天，请注意，正是在禁止打猎的时候，当他在苔藓沼泽上，惊起了一窝白鹧鸪之后，他的双筒枪的两根枪筒，都'碰巧'没装弹药。第二天，他送给苍鹰一只翅膀受伤的小松鸡和两只被猎人打伤的鹧鸪。最后，他不打自招，他试了试用一根棍子去打死一只母松鸡，就是想把他从小松鸡身旁引开的那个松鸡妈妈。

"现在，该揭发这个黑衣坏人了，揭发他的匿名。前面两个缩写字母'怀'和'朱'，就是'坏主人翁'的意思；'任列导'的俄文，颠倒过来就是'盗猎人'。他是我们最可厌、最可怕的敌人，尽管他假装是国民经济的热心保护者，实际上是国民经济的最愚蠢、最顽固的破坏者。

"诗人说得对！可以把他的第一行诗再夸大一点，大胆地说：

"猛禽、啮齿动物和啄木鸟，

都是雄伟森林的儿孙。

多嘴多舌的原告，

何必无故控告它们！

"森林是父亲，林中所有的动植物都是它的儿女。它们彼此之间，有极其复杂微妙的关系。触犯了一种，就会影响到全体。就好像用扑克牌搭起的棚子一样：你抽掉一张扑克牌，棚子会立刻失去平衡，整个塌下来。对于森林的爱，对于森林所有的儿女的爱，可以帮助我们探知它们那些复杂微妙的关系，了解森林的复杂生活规律。不爱森林，就不知道这些。盗猎人不爱森林的儿女，所以他不了解它们。他是漠不关心的人。这比坏还要糟。没有一种野兽，能够像盗猎人那样危害森林。

"生物法庭的判词是：叫盗猎人坐到被告席上！"

第十二个月

向未来跃进

少年森林生物学家们的主意 学会会长的发言

窗外，暴风雪，狂风怒吼着，呼啸着，把一捧捧带冰凌的白雪抛在玻璃窗上。过路行人把头巾和皮大衣裹得紧紧的，脑袋缩在竖起的大衣领里。时间已近黄昏。

在《森林报》编辑部温暖、敞亮的房间里，纤细的淡黄色小鸟在唱歌。它好像试歌喉似的，唱出几个高音符，然后忽然热情而欣喜地啼啭起来，惹得全体少年哥伦布的呼吸都急迫起来了。争论一齐停止了。黑发的头、淡黄色发的头，鬓发蓬乱的头、梳得光溜溜的头，都转向窗口，窗上悬着一只小笼子，美妙的小歌手就在那只笼子里唱歌。

听起来，它仿佛永远也唱不完似的：悦耳的颤音，从这个被俘的"小仙人"（关在铁丝监狱里的空气之女）的金喉咙里倾吐着，倾吐着。小歌手一口气唱着，毫不停息。后来，它的声音忽然像一串撒下来的小玻璃珠子似的,转为花腔;接着,它那热情的歌声忽然中断了,它好像什么事儿也没有干过似的,开始用嘴梳理柔软的小羽毛。

"嘿,你这个家伙呀!"柯尔克本来陶醉其中,这时猛不丁地清醒过来,嚷道,"我敢发誓,它一口气唱了50多秒钟!这才叫作歌儿呢!我们那些野鸟,哪一只有这样的嗓子?不就是云雀和夜莺吗?再没有啦!"

"我有个主意!"莱用手敲敲自己的脑门儿,兴奋地说,"有个好主意!顶好的主意!叫新大陆得到一位美妙的新歌手!这件事由我们——少年哥伦布来办!"

"去吧,去吧,去吧,去吧!"朵快嘴快舌地说,"你以为咱们是造物的神哪!鸟类不是植物,把两种鸟交配到一起,是不会得到米丘林式的杂种的。有金丝鸟和黄雀的杂种,有金丝鸟和芙蓉鸟的杂种,有金丝鸟和红雀的杂种,可是,一般它们都不遗留后代,反正只有这么一代,就完了!就像骡子不遗留后代一样。"

"你没听明白我的话,"莱温和地说,"我并不想用把金丝鸟和我们此地的鸟杂配的方法来创造林中歌手,而是用换蛋的办法。你想象一下:初夏,我们往我们这儿的小野歌手(硫鸟、芙蓉鸟、黄雀、梅花雀、五色鸟、鹈鸪什么的)的窝里,放几百个,不,几千个金丝鸟的蛋。这些野鸟,替我们把金丝鸟孵出来,像喂自己的孩子一样,把它们喂大,然后把鸟类的一切生活规律,都教给雏鸟。小金丝鸟的亲生父母,在此地森林里是没有的,没有鸟来招引雏鸟,所以,它们就会留下来,和把它们哺育大的大鸟同住。

"它们以后会怎么样,那就不知道了。把它们养育大的黄雀,是在我们这里定居的鸟。那么，金丝鸟会不会和它们的养父母一起留下来，在我们新大陆过冬呢？鹡鸰在我们这儿还有个名字，叫作'林中金丝鸟'。金丝鸟会不会和养育它们的鹡鸰一起飞到南方去呢？我们少年森林生物学家们，称呼碛鸟是红金翅雀。金丝鸟会不会和养育它们的碛鸟一起，飞到印度去过冬呢？要知道，还没有人做过这种试验——用换蛋的法子驯化外国鸟。"

"真是大胆的想法！"安德出神地说，"我去过科尔徒希的巴甫洛夫生理研究院。那里的鸟类学研究所所长，杰出的鸟类学家普龙普托夫，给我们讲了一些金丝鸟的事儿，他用金丝鸟做了些什么试验。

"南方的林中小鸟金丝鸟，已经被人关在笼里300多年了。它早就变成一种不能自立的笼中鸟，不会给自己找食物吃，也不会自己筑巢。在它的笼子里，一年四季都有小食槽，小食槽里装着去了糠皮的谷粒，有小水槽，盛着清水，还有小洗澡盆。夏天，人给它挂上用绳子编的窝，垫上棉花和别的东西。总之，它所需要垫窝的东西应有尽有。它笼子里的小树干又圆又直，刨得光溜溜，正适合它那纤细娇嫩的小脚趾。人把什么都给它预备好了，它只要不住口地唱呀，唱呀，就行了，再有就是在这笼子里孵雏鸟。在我们俄罗斯有个风俗:元旦那一天，把早已不习惯再去过自由生活的、在笼子里娇生惯养的金丝鸟，和我们这里的野鸟一起放生。这样做，当然是非常愚蠢、非常残酷的。

"普龙普托夫树立了一个目标:能不能把金丝鸟由于长期过笼中生活而失去的那些本能归还给它们？他把笼里又直又光溜的细树干拿掉，换上了普通的树枝。他不再往小食槽里放精谷粒了，而是开始往笼底撒饲料，往笼子里塞燕麦、赤杨的小球果、没去皮的大麻、草籽等。总而言之，金丝鸟在笼中生活的一切便利条件，都被取消了。普龙普托夫对雏鸟做试验，所以，雏鸟从一出生起，就不得不锻炼它们的小嘴、小爪子、小脚趾。它们用各种姿势落在歪歪扭扭的树枝上，把头伸向谷粒，用嘴把谷粒从缝里扒拉出来，剥掉外皮儿。夏天来临的时候，他没有给成亲的金丝鸟挂上用绳子编的窝，而只是往笼子里给它们放了一些柔软的小草、纤细的植物根、植物茎、马鬃、棉花，向它们供应了筑巢的好建筑材料。

"结果怎样呢？一对对年轻的金丝鸟，开始在实验室里很能干地给自己筑巢，完全像野金丝鸟在故乡卡那利群岛上一样。由此可见，鸟类，甚至几百辈子以来已经丧失了自由生活习惯的鸟类，都能够很好地适应新的生活条件。而原先那些生活习惯，可以说本来是适合它们的。

"应该假定，在我们这儿诞生的，由我们这儿的红金丝鸟、林金丝鸟、金翅雀和芙蓉鸟养育大的金丝鸟，完全能够在'新大陆'住惯，变成我们这儿的土著。"

"对！"柯尔克大叫道，"可是夏天，我们要把装着最好的金丝鸟歌手的鸟笼，挂在树林里，免得它们丧失艺术才能。要让其他鸟儿去向笼中歌手学习，把笼中歌手的歌曲牢记在心。鸣禽是非常善于模仿的。也许我们这儿的金翅雀，也能像金丝鸟一样唱歌呢！那么，在'新大陆'，可就要表演一出林中大合唱了。"

"同志们！"咪提醒大家说，"今天我们聚会的目的，是庆祝我们学会成立一周年。茶点摆好了，请入座吧！请咱们学会会长做餐桌上的主席，随便给我们讲几句话。"

"朋友们，"等大家都落座后，达尔·亭说，"我们的少年哥伦布发现了自己的'美洲'，这'美洲'不论是现在、过去和未来，都充满了奇迹。这消息多么地叫人高兴啊！现在，你们在那里发现了一些小小的意外之物，例如'美洲'动物麝鼱、沿海岸旅行的'翻石鹬'、含有大量蜜的'林荫树'。过去的东西，有深渊湖里的地狱洞，这个洞，差一点夺去我们之中四个人的生命。未来的东西，有我们祖国的优秀新歌手——从遥远的卡那利群岛迁来的鸣禽。

　　"请允许我多谈谈我们的未来。

　　"你们想了个主意，要在'新大陆'驯化金丝鸟。这可是件好事儿，是个理想。不过，请你们细心一点儿，好好地观察，好好地动脑筋，不要盲目行动。要记住，在我们上一次的聚会上——在模拟化装法庭的时候，发现了些什么事情。一个什么也不懂、什么也不爱的人，只会自己害自己。破坏，损害，是最简单不过的事。不需要什么爱，也不需要什么知识，就可以这样做。在愚昧无知的黑暗地狱里，蕴藏着憎恶，蕴藏着恐惧，蕴藏着死亡。从前，我们的祖先曾经认为森林多么可怕呀！古时候，有个俗语说：'森林是恶魔。在森林里居住，等于和阎王爷搭伙。'我们的祖先认为森林里、江湖河海里、天空里，都住着神秘的魔鬼和残酷的神灵，想向他们赎罪，于是向他们供献祭品，甚至拿人当作祭品……我们的祖先，为了摆脱那种愚昧的恐惧，往往把森林砍光，结果把自己害了：森林砍光后，就出现一片片沙漠。

　　"创造美好的东西，可难得多。古代的哲学家说过这样的话：'美好的事物是难能可贵的。'森林是美好的东西，需要珍惜它。如果改造森林里的生活，就要怀着满腔的爱，还要在对它有渊博知识的条件下来改造。

"比方说，你们想送给我们的森林一位从来没有过的美妙小歌手。也许你们可以达到这个目的，可以往配合得很完美的森林大合唱里，再加进去一种声音；往扑克牌搭的小房子下面，再塞进去一张扑克牌。我说：也许可以。不过，做这种事，可得估计精确，需要钟爱的心，一百二十分的注意力。

"事情可没有那么简单：让我们这儿的鸟儿，把金丝鸟从蛋里孵出来，然后把雏鸟喂大，教会它们在我们这地区顺利生活所必须具备的一切本领。也许会产生出许多问题。不错，普龙普托夫证明了：小金丝鸟能够在笼子里恢复原始状态——学会用嘴给自己从谷皮里啄出谷粒，学会筑巢。不过，在我们北方森林里，在我们和它们都不熟悉的土地上，它们能不能学会给自己寻找适当的食物呢？这就不得而知了。

"为了忍受我们这里严寒的冬天，小金丝鸟会不会长出足够温暖的羽毛来？或者，它们会不会忽然恢复有足够力量的迁徙本能，飞到远处去过冬？要知道，在热带，在它们全族的老家，一年四季是夏天。

"在我们这一带生长的金丝鸟，是能很快地恢复抵抗无数敌人的本能，还是一看见老鹰，就蹲下来不动，像在笼子里的小树干上看见有危险临头时那样？我们不知道。

"试验是在露天里，在大自然里做的，所以很难估计试验的结果：我们不知道每一只小移民的命运会怎样。因此，最好一开始先在实验室里做这个驯化试验，哪怕规模搞得大一些：在一座整个用铁丝网罩起来的花园里，用许多年轻的金丝鸟来做试验。说不定，最初不得不在人的住家旁边,给那些变野了的金丝鸟加喂点饲料呢。

"还应该注意,金丝鸟的那使你们倾倒的、非常之长的歌儿,是人类教养的成果,是文明的产物。有这样一个笑话:美国有个百万富翁,在英国某别墅的花园里,看见一块平整、茂密得出奇的草畦。富翁对这块草畦赞不绝口。他把园丁叫去,问园丁,他在美国自己的家里,怎样可以培育出这样的草畦。

"园丁回答说:'很简单。您在我这儿买 10 便士的草籽,带回去种在自己家里,经常细心地修剪它,照料它,像这样做 300 年,直到您家里的这块草畦变成和英国的一样。'

"300 年来,人一辈接一辈,培养、加强年轻金丝鸟的天赋音乐才能:把它们的笼子挂在唱得最好的歌手——金丝鸟和别的鸟——的笼子附近。金丝鸟一代比一代唱得好,模仿老鸟,同时把自己的东西也加到这艺术里。究竟哪些是模仿来的,哪些是遗传来的,这问题很复杂。不过,你们可以深信不疑,要不是靠了'科学'和'培养',随便哪一只在森林里养大的、变野了的金丝鸟,都不能够像我们这只小歌手,冬天在屋子里唱得那么好。柯尔克建议把装着金丝鸟的笼子,挂在森林里,这个主意非常有趣。

"普龙普托夫的金丝鸟,在科尔徒希,从打开的窗口,听到田野里云雀和树林里鹦鸟的歌声,从它们的歌曲里汲取了整个的乐曲,编在自己的歌曲里。野歌手开始模仿,开始向它们的笼中朋友学习。年轻的鸟,完全跟猴子一样——它们生来爱模仿。

"你们要知道:关于在'新大陆'驯化金丝鸟的问题,生活自己会来迎合你们的。当初,人就是用芙蓉鸟培养出金丝鸟的,它们早已开始向东和向北扩展居住区了。从前，芙蓉鸟在加那利群岛，在非洲、在地中海沿岸上居住；在我们这个世纪，一对对芙蓉鸟开始飞到离我们越来越近的地方做窝了。在波罗的海沿岸，芙蓉鸟越来越北进——它们已经在立陶宛、拉脱维亚，甚至爱沙尼亚落了户；东进的芙蓉鸟，在白俄罗斯落了户。夏天，它们在这里孵雏鸟，10月里，集合成群，飞到南方去。也就是说，它们变成了候鸟。我们这儿的芙蓉鸟从'新大陆'飞到西南方去过冬，可以猜想，由这种芙蓉鸟孵出来的金丝鸟，会跟了它们飞去过冬，春天再回到我们这里来。

"像这样，我们就给故乡添上一位美妙的歌手。如果没有我们好意的干涉，恐怕要过几百年，甚至几千年，我们这儿才会有这种鸟。

"用我们诗人的话来说，我们少年哥伦布，在发现新世界，永远崭新的世界，考察'新大陆'和研究它的秘密的时候，是在接近美好的未来。在我们地球上，这种'哥伦布'越多。他们越是热爱'新大陆'，研究它，揭开它的秘密，笼罩着它的那一团愚昧无知的迷雾，就越能早一天消散，对于所有的生物来说，幸福的、阳光普照的早晨，越是能早一天来临。

"在我们学会成立那一天，拉甫作了一首祝诗。现在，请允许我用这首祝诗来结束我的简短的发言：

> 哥伦布万岁！
>
> 新世界万岁！
>
> 向他致敬，致敬！
>
> 敏锐的眼睛和智慧，

我们要保留到 100 岁!

"敬祝少年哥伦布学会的全体会员,在新的森林年里,在'新大陆'找到 100 个新问题、新谜和新秘密!"

少年哥伦布们喝了烫嘴的热茶,吃了冰嘴的棒冰,就各自回家去了,一路热烈地讨论着他们未来的研究工作和发现任务。

各种偶然事件

在"新大陆" 少年哥伦布学会的谈心室里记下的

短短的序言

有人说,生活存在的目的,是叫人述说它。

我们同意这个讲法。如果不述说我们的生活,它就会渺无痕迹地消失在时间的黑暗里,后代一点儿也无法知道。我们却希望叫他们知道,我们到"新大陆"去旅行的时候,看见了些什么,遇到些什么事。也许,这会引起我们的现代同志和后代同志的兴趣,他们会亲自出发,寻找新的土地,用眼睛和智慧,在旧土地上寻找新大陆。

我们尽量用文字来记录新大陆的偶然事件。要知道,这是和同时代人联系的最好方法,和后代联系的唯一方法。文献,是全人类文化的基础。

生活,需要用文字来述说——只有这样,才能使所有的人都知道。写,要会写,这可不是件容易事。所以,我们在学写作。

不管是用钢笔、用铅笔或是用色笔写的故事,都有它自己的规则。我们就是尽力想使故事合乎这些规则。我们已经明白,要这样描写:让读者仿佛看见你所讲的一切事情,只有在你闭上眼睛,能看见你所描写的东西在你面前时,才能达到这个目的,所有的人都应该学会这样看。那时候,就能找到可以描写的字句了,也能找到可以描绘的颜色了。要知道,一个真正的故事,也就是用文字来体现——用钢笔、铅笔或色笔记下来的观察、感觉和思想。我们尽力在这样做,觉得大家都应该这样做,因为每一个人都想在自己死后留下点纪念,关于他亲眼看见了些什么,有过什么感触,想过些什么主意。

至于我们的成绩怎么样,那就不由我们来判断。我们已经讨论过 100 次了,不能再多了。

沼泽中的偶然事件

莱站住了,听见树后有人在哭。

她竖起耳朵仔细听:没什么可怀疑的,的的确确有一个人在细声细气地哭,抽抽搭搭、绝望地哭。天刚亮,周围是密林,旁边是沼泽,一个小孩子怎么会跑到这儿来呢？但是，哭声恰好就是从沼泽那边传来的——这是哀求救命的呼声，是听不清言语也可以明白意思的喊叫。

莱不假思索地从茂密的小云杉林之间冲了过去。

还没走到沼泽，云杉忽然到了头。从丛林边上望过去，是一片广阔的、多草墩的平地，上面生长着苔藓、青草和矮小弯曲的松树。有的地方，可以看到一小片一小片色彩鲜明的艳黄色小草。在一小片这样的草地上，有一样东西在动，哨声似的细嗓音，正是从那儿传来的。现在莱觉得声音像鸟叫了。

莱刚想踏上泥塘，从她身旁的树后，发出一声低低的野兽咆哮。莱不由自主地退到小云杉林里去。尖叫声也立刻停了。

"怎么办呢？"莱机敏地想道，"也许是一只小熊？母熊不愿意我走到小熊跟前去。可万一是个小孩子，被野兽吓着了呢？"

这时，她忽然想起，她刚刚和安德分开。安德沿小路走了，可能还走不了太远。她想："我们两个人把母熊吓跑，把小孩救出来。"

莱从小云杉林里往回跑，1分钟后，已经到了小路上。她沿小路跑了100来步，停下脚步，深深地吸了一口气，拼命大喊道："安——德烈！喂！"

这样叫，比光叫"安德"响亮得多。

"你叫唤什么？"安德就在她附近回答，声音是从上面传来的。

一刹那，莱就知道了，原来安德爬到一棵大树上去了，想看看树顶上用树枝筑成的一只大窝里有什么。

安德一阵风似的滑下树来，他们俩一同向沼泽跑去。细嗓子又在喊,现在喊声已变为哨音了。莱和安德走到泥塘边去,马上听到一阵可怕的咆哮。好像有一只大野兽,想把人从这里吓跑。

安德和莱一人拿了一根大粗树枝,仔细地看,在泥塘的颜色鲜明的小片草地上蠕动的是什么东西。

"这是两只耳朵呀!"莱忽然低声说,"两只长耳朵!一头小驴儿怎么跑到这儿来了呢?"

"明白了!"安德大声说,"一只小麋鹿,掉到泥塘的水里了,母麋鹿在吓唬我们。走!它不会把我们怎么样的。"

真的,当他们向那拼命尖叫的小动物身边走去时,一只没有犄角的钩鼻子大野兽,从丛林里走了出来,不过,它不敢向他们走过来,只是不断地发出咆哮声,这低低的声音好像从内脏里发出来似的。那真的是一匹母麋鹿。

它的小麋鹿掉到沼泽里了,一半身子陷进了稀泥。它那有一双长耳朵和一只钩鼻子的脑袋,很像小驴的脑袋。不过,等到安德把它拖了出来(他使出了吃奶的力气,才把它拖出来),这头小麋鹿可就一点也不像小驴儿了:它那四条细腿,使它显得高极了。

"真是个糊涂虫!"安德搂着小麋鹿的脖子说,"一定是从妈妈跟前跑开了,就掉到窟窿里了。妈妈能够平平安安地从泥塘上走过去,可是你呀……要不是莱,你就这样送命了。给她行个礼吧!给她行个礼吧!谢谢她!"安德把小麋鹿的头往下按了好几次,"你妈妈可没法子把你从泥塘里拖出来。"

安德和莱两人把那只浑身发抖、软弱无力的小麋鹿抬着走。显然,它掉到泥塘里已经很久,拼命想从泥塘里爬出来,累得筋疲力尽了。安德搂着它的脖子，莱在后面托着坚硬的小尾巴下面。他们把它抬到坚实的土地上后，就把它放了。他们一撒手，长腿小麋鹿立刻摇摇晃晃地倒在苔藓上。

安德和莱走到旁边，看它以后怎么样。

现在，母麋鹿不叫了。半天，它也不敢走出树林，到它的孩子身边去。但是，母爱超过了对人类的恐惧——它终于走过去，用鼻子把小麋鹿从地上拱起来，慢慢地把它领到树林里去了。

嗅觉没有用了

"波布！波布！波比克！"良气冲冲地喊道，"回家去！听见没有？呸！你这个不守纪律的家伙！"

她激动得话都讲不清了。昨天，她在森林里安置捕鼠器的时候，碰到一只鸟，扑扑扑地从她脚底下飞了出来。鸟的身子下面，有个大坑，坑里有八个带褐色斑点的蛋。现在，良把安德领到森林里去，给他看那个鸟窝。波比克是一只很大的乡村狗，跟良寸步不离。不能叫它跟着他们，它会把鸟窝破坏掉的。

等到安德气哼哼地对它大喝一声，挥手吓唬它时，它才听话，夹着尾巴跑回村庄去了。

鸟窝离树林边不远。走到离它只剩几步路的时候，良小声说："喏，就是这儿，在栅栏旁边。在第五对小木柱下面，在长着往下耷拉的大叶子的小白杨树旁边。看见了吗？"

安德定睛看了半天,好不容易才看见一只一动也不动的眼睛。这只眼睛帮助他看见了鸟嘴,后来,看见了鸟头,最后,看见了整只鸟:它的羽毛,令人惊奇地与林中地皮融为一色。

"这是一只母松鸡,"安德轻轻地说,"我们不要惊扰它。你每天到这儿来看看,等小松鸡孵出来的时候,告诉我一声。我记下来了,我们知道蛋过多少天能孵出小松鸡,就可以计算出来它是什么时候开始孵蛋的。我们也知道,小松鸡从蛋里孵出来以后,过多少天能够学会飞。只是,你要当心点,别让谁把窝破坏了。"

安德说完这话,就向树林深处走去,从良的视野里消失了。

良在原处站了几分钟,母松鸡那种耐心百倍、自我牺牲地孵小松鸡的样子,使她感到非常惊奇。要知道,母松鸡冒着生命危险,用自己的身体遮盖着完全暴露在外的坑里的蛋呀!后来,良一转身,几乎惊叫起来——不听话的波比克,把鼻子贴着地,拼命跑了过来,显然想追上她。

波比克跑到林边,抬头看见良,欢天喜地地汪汪叫着,向她直奔过来。

"靠嗅觉找到的!"良刚来得及这样想,"它马上会闻到松鸡的……"

这当口,波比克已到了她跟前,把两只前脚扑到她胸前。良想抓住它的脖子,波比克却误会她看见它也很高兴,想跟它玩玩,所以,向旁一闪,跑了一个圆圈儿,

径直朝松鸡奔了过去。

　　良喊也喊不出来了。波比克跑到离孵蛋的松鸡只有两步路远的地方，腾身一跃，就从树篱上跃了过去。

　　波比克从松鸡头上蹿了过去，显然没有看见它，也没有闻到它。

　　良惊讶得要命，好容易清醒过来，跑到林边，想把狗领走。她的心怦怦乱跳，她怎么也不明白：为什么波比克没闻见松鸡？良把波比克带回村里，用绳子拴上了。

　　柯尔克做过一个短短的报道，说在地上做窝的野禽，在孵蛋的时候，不像平常那样用尾脂腺的脂肪来涂抹羽毛，而失掉气味，变成"隐身鸟"，使其他动物闻不到。要不，得有多少孵蛋的野禽，连同它们所孵的那些躺在地上的蛋，毁在狗啊、狼啊、狐狸啊、鸡貂啊、白鼬啊什么的嘴里。

　　鸟类的生活是复杂的。有时候，它们会让野兽的嗅觉失效。

神秘的失踪

　　难道说，是规定让兽类学家和鸟类学家两个人搭伴到树林里去的吗？也说不定沃甫克碰巧在树林里遇见了咪——这件事，我们一点儿也不知道。只听咪说，当他们走到小草地的时候，沃甫克忽然间拉住她的手，用可怕的声音说："轻一点！"然后用手指头指指一只灰不溜秋的小兽。这小兽正朝丛林深处通向草地的方向，由一棵树往另一棵树上蹿去。大概小兽没看见少年哥伦布们，因为它在林边最后一棵松树的高枝上歇了下来,把自己完全暴露在外。它弯着腰,用后爪飞快地搔自己耳朵后头。

"这是什么?"咪低声问道。

"一种松鼠。"

"松鼠夏天是棕黄色的,你以为我不知道吗?"咪冒火了,"你逗我玩儿!松鼠的尾巴也不是这样的啊。"

尾巴真的不像松鼠尾巴那样蓬松,不过,总的说起来,这小兽很像松鼠,像冬天的松鼠,冬天松鼠是灰色的。

沃甫克还没来得及回答,小兽已跑到树枝的尽头,向空中一跳。它把四只爪子大张开,平平稳稳地飞过了草地,飞到一个高高的白杨树桩上。它落在最底下那根树枝上。它飞过草地的时候,当然降低了一些,现在绕着树干,螺旋式地向上面跑去了。这时,咪才看见,树墩上有个圆圆的黑窟窿。这是个树洞。小兽钻进树洞里去了。

"我不是跟你说了吗?"沃甫克扯高了嗓门说,"这是一只特别的松鼠——会飞的,叫作鼯鼠。你明白吗?这是个新发现!是我们这儿少见的土著。把头巾给我。"

"我以为他乐疯了呢,"咪说,"他从我头上拉下头巾,就跑到草地上去了。我吓了一跳,赶忙跟过去,天晓得,他一个人在这种情况之下会干出什么事来!

"沃甫克爬到高树桩上去了。我站在底下,看见从树洞里伸出个有长胡子的小脑袋,两只圆圆的大眼睛。小圆脑袋东转转、西转转,又缩了回去。

"沃甫克爬到树洞前,用两只脚、一只手攀住树干,用另外一只手把我的绿人造丝头巾卷成个团儿,用这个团儿堵住树洞。之后,他匆忙溜下来,激动得上气不接下气,得意扬扬地宣布:

　　"'嗨,这回可叫我们逮住了! 就叫它待在这里头吧,我们赶紧去找人。快跑!'

　　"我们气喘吁吁地跑回雷索沃村,可是,除了巴甫以外,只有安德在那儿。安德是偶然留在那儿的。巴甫自然不肯给我们帮忙——他自己的工作多的是哪,安德当然跟我们去了。

　　"我们又跑回草地。一看,我的头巾还塞在树洞里。我很高兴,我本来担心鼯鼠会把它啃了。

　　"我和安德留在下面,沃甫克爬上去,从树洞里掏出头巾,把从家里拿来的一只口袋张在洞口。安德用一根粗树枝敲起树干来。他们估计,小兽被震得发昏,一定会从洞里蹿出来,掉在口袋里。

　　"可是,小兽连影儿都没有。

　　"又敲了一阵子。还是没有! 于是,沃甫克说:

　　"'我说,咪,你一定带着小镜子,给我,我看看,它藏在那里面什么地方,树洞深不深。'

　　"安德跟他说:

　　"'慢着! 我到树林里来的时候,随身总是带着有柄的小镜子。这是我发明的工具,我用它来看住在树洞里的动物,看洞里有什么。'

　　"他递给沃甫克一面安在小棒上的小圆镜。

　　"沃甫克把口袋拿开,把小镜子伸到树洞口。

　　"'什么也没有,'他困惑地说,'真是活见鬼!'他又溜到地上来。

"安德哈哈大笑,因为沃甫克那副样子,活像个大傻瓜。

"'我怎么……我……'沃甫克发起脾气来了,'难道说,你知道它怎么逃走的吗? 它必须把头巾推开,才能够出来啊!'

"'真是个机灵的想法!'安德用嘲笑的口吻说。

"'那你说明一下看看!'沃甫克顶了他一句,同时气哼哼地瞪了我一眼,好像鼬鼠不见了,应该怪我似的。

"'非常简单:考虑得不周到,'安德心平气和地说,'给你镜子,你再爬到树洞旁边去。'

"沃甫克气得啐了一口唾沫,可还是听了安德的话。

"'怎么着?'他把树洞仔细查看了一番,问道,'里面再没有别的窟窿了。我刚才就把树干周围都检查过了。'

"'你把小镜子翻过来朝上照照。'安德说。

"沃甫克照办了。

"'哎呀,原来是这么回事儿!'沃甫克惊讶地说,然后一下子溜了下来,'谁知道这棵树里面整个是空的呢?'

"'要不是空的,它怎么会在树洞上头断掉呢?'安德说,'应该动动脑筋,好好地想一想,不要忙着下结论,少年哥伦布朋友们! 拉甫的诗里好像是这样说的吧?

敏锐的眼睛和智慧
我们要保留到 100 岁!'"

咪的鼎鼎大名的头巾

葱郁的森林，羊肠小路，美丽的咪围着她的绿头巾，在小路上走着。自从发生了鼹鼠的事情以后，这条头巾可出了名。

不知打哪儿，飞来一只灰色的大鸟。

它大叫一声，朝咪冲了过来，抓起她的头巾，带到空中，它被头巾缠绕住了，跌到地上，把头巾扑腾开，又飞了起来。头巾挂在它的一只爪子上，后来，一头又被树枝钩住了。鸟消失在树后，头巾却高高地留在树上悬着，像船上一面桅头旗似的，被风吹得飘扬起来。

咪简直手足无措了，呆立在小路上，望着自己的头巾。头巾挂在一棵树干光溜溜的松树上，挂得那样高，女孩子根本不要想爬到那上面去。

"这是一只疯鸟！"咪想道。

这当口，鸟尖声尖气地狂叫着，又飞回来了。咪用手抱着头，一边叫，一边在小路上跑，随时提防着后脑勺会挨上一啄，这时忽然跟安德撞了个满怀，便疲惫无力地坐到地上。灰鸟尖叫着飞走了。

"这是怎么回事儿？"咪问道，"它疯了吗？"

"你知道吗？"安德不好意思地说，"这是一只母老鹰。它以为你要破坏它的窝。它的窝就在这儿，在小路旁边。你没瞧见吗？一个钟头以前，我爬到树上，从窝里掏出一只小鹰。"

安德把手伸进怀里，从衬衣底下掏出一只小鹰。这只小鹰已经相当大了,身上长出了绒毛。从绒毛里露出一双亮晶晶、惊慌失措的小黄眼睛和一张钩子似的弯嘴。长长的利爪痉挛似的缩在一起。

"它刚才也飞过来扑我来着,可是我把它打退了,差一点用树枝把它打着。喂,我说,你那条鼎鼎大名的头巾哪儿去了?"

"老鹰把它挂在大树上了。它就在那儿飘舞哪。"

"等一下!"安德顺着小路快步走去。

咪害怕母老鹰再回来,就躲在茂盛的云杉树枝底下,5分钟后,安德带着头巾回来了。可是,这成了一块什么样的破破烂烂的碎布块呀!母老鹰在把它扑腾掉的时候,用爪子和嘴把它撕了个稀烂。

"鬼脾气!"咪气冲冲地说,偷偷地抹掉一颗小泪珠,"一会儿逮鼹鼠,一会儿又逮老鹰,你把头巾拿去当捉蝴蝶的网子吧!这下子,它再没有别的用处了。"

濒死的湖

"巴甫——巴甫!你听着!"一天早晨,安德准备到树林里去时,说,"你简直变得萎靡不振。要是你老待在家里,真得消沉下来了。你现在已经胖得可以了。我像父亲一样地告诉你:多动弹动弹吧!走,咱们到费杜希诺钓鱼去。我们好久没有吃鱼了。钓回鱼来,大家都高兴。"

"费杜希诺在哪儿呀?"

"离这儿只有3千米左右。"

"能钓着鱼吗？为了吃一口东西，折腾这么远！我才不干呢，我不去！"

　　可是，大力士安德像从货架子上拖出一袋面似的，把胖子从床上拖起来，叫他站在地上，声色俱厉地说："穿衣服！游手好闲够了。"

　　一路上，安德尽力想引起巴甫的兴趣，讲给他听，关于林中小湖费杜希诺，少年哥伦布们打听到了些什么事。"这个小湖，是由从前打这里流过的河流的旧河床形成的。古时候的一条河干涸了，不再流动了。只有一些坑坑洼洼里还有水，有些小泉水汇集到那里面去。可是，坑坑洼洼也越来越少了，于是，湖渐渐地缩小，岸上长满了青草。这个湖，现在还是一年比一年小。再过几十年，整个湖里就会杂草丛生，变成一个小死湖。听说，现在那里面鱼多极了，简直可以一桶一桶地往上捞。"

　　安德最后几句话，打动了巴甫的心。当他们走到湖边的时候，胖子用他少有的敏捷的动作，打开随身带去的钓鱼竿，往钓钩上装蚯蚓。

　　"好啦，"安德满意地说，"你用钓鱼竿钓，我去安钓钩。等回去的时候，我去看看，也许能钩住一条小梭鱼——这里小梭鱼多得很。我昨儿晚上在河里捉了不少鱼食……祝你好运气！"安德拿起钓钩，到他们刚才走过的那个岸上去布置。

　　这件事，他做了半个多钟头。等他回来的时候，巴甫已经不在原处了，钓鱼人的两根鱼竿插在地上，钓鱼人不见了。

　　"搞他的植物学去了。"安德想。他装好自己的钓鱼竿，同时用四根钓鱼竿钓起鱼来。

　　鱼好钓得很。一会儿，这根鱼竿钓到了鱼；一会儿，那根鱼竿又钓到了鱼，安德几乎来不及往下拿。使安德惊奇的是钓到的鱼都是鲈鱼，光有一种鲈鱼。

安德绕着湖走起来，走一会儿，就停下来，把钓钩抛在水里。他像这样绕了半个湖，等到他回到原地时，已经钓了十几条鱼，不过，还是光有一种鲈鱼。巴甫还没来，可是安德没有担心，他心里在想别的事。他坐到一个小树墩上，沉思起来。

他在想濒死的费杜希诺湖和湖里的居民——鱼类——的事。

他清清楚楚地想象出变成了湖的一段河。这里面所有的鱼，都好像掉进陷阱似的，没有办法游出这个湖。不过，没什么可愁的，湖里的食物甚至比河里还要多。在长满了杂草和藻类的死水里，有无数小虾、昆虫和其他小生物在繁殖——这都是鲤鱼、鳊鱼和其他小鱼的食物。小鱼又是肉食鱼——鲈鱼和梭鱼——的食物。

湖越来越小。肉食鱼越来越容易捉爱好和平的小鱼来吃了。过了一个时期，它们把别的鱼吃光了，只剩下鲈鱼和梭鱼。安德从前也听说过，这湖里只有这两种鱼，不过，不知怎么回事儿，他一直没注意这个问题。

现在，他想象这些凶恶的肉食鱼的情况，真是残酷可怕到惊人的程度。显然，在那可怕的生存竞争中，其中一种必然会胜利。要么，梭鱼把所有的鲈鱼都吃光；要么，鲈鱼把所有的梭鱼都吃光。那时，真正的自相残杀就要开始了：胜利者们一定会你吃我、我吃你——梭鱼吃梭鱼，或者鲈鱼吃鲈鱼。力气大的成年鱼，开始吃同种的小鱼。于是，一种肉食鱼很快会把自己的种族消灭掉。这是世界上一切肉食动物的唯一末日：起初是吃别的动物，以后是吃自己族的。安德被袭入脑海的这些念头吓得打了个寒噤。

在这一刹那，他听见一种难听的奇怪声音：一种呼呼声，夹杂着断断续续的哨音，好像是有人在掐一个人的脖子。那带呼呼声和哨音的呼吸，仿佛是从被掐着的脖子里冲出来的。安德不是胆小鬼。他急忙向传来声音的地方走去。原来是巴甫，他伸开手脚，躺在灌木后自己的斗篷上，睡得安安稳稳的，喉咙里发出呼呼的声音，鼻子里还吱吱地响。

安德好像要赶走梦魇似的，用手摸了摸前额和头发，然后弯下腰，客客气气地摇了摇巴甫的肩膀。"啊？你干什么？"胖子迷迷糊糊、生气地说。"不干什么，"安德硬邦邦地说，"起来。吃饭去。"说完这句话，不管巴甫怎样向他辩白，他也不理巴甫了。

在回去的路上，安德把挂在岸边灌木的低枝上的钓钩，一个一个摘了下来。这些钓钩什么也没给他钓着。摘到最后一个钓钩时，却拖起一条很大的——有半米多长的——梭鱼。安德把它从水里拿了出来，当场就用随身携带的小斧头砍死了。"让我拿着，"巴甫讨好地央告他说，"求求你！""帮个忙吧。"安德耸耸肩膀，冷静地说。

他们快要走到村庄的时候，巴甫说他今天没睡醒，为了钓鱼，安德叫他起来得太早了；他说，他喜欢钓鱼，不过，今天搞得很糟，因为他在灌木丛里睡了一觉，如果安德把这事儿讲给别人听，女孩子们会笑话他的。巴甫问，他可不可以说梭鱼是他钓到的。

安德凝神看了他好一会儿，后来说："好吧！"

那天是莱和良值日。她们看到钓来那么多的鱼，高兴极了，马上着手收拾鱼。巴甫没忘记假装顺便地提起，梭鱼是他钓的。良把他大大地夸奖了一番。莱却瞪大眼睛看看巴甫,显然她在怀疑。

她用刀把肥厚的梭鱼剖开后,惊叫了一声:"你们瞧!它肚子里有多大的一条鲈鱼!梭鱼的嘴可真不小!"

可是后来,她就更惊讶了:她在梭鱼肚子里的鲈鱼肚子里,找到一条小梭鱼;在小梭鱼肚子里,又找到一条小鲈鱼。梭鱼就跟那种一个套一个的空心木头人一样:它肚子里有三条鱼——一条比一条小。

晚上,在谈心室里,安德把费杜希诺湖里的悲剧讲给大伙儿听——湖里剩下的两种肉食鱼,彼此之间在进行着不断的战争;最后,胜利者将要自相残杀,为了苟延残喘,继续生存下去,将要吃它们自己的子子孙孙。

"我钓的那一条套一条的梭鱼,是个最好的见证,"巴甫说,"目前,在这个濒死的湖里,梭鱼和鲈鱼还在互相残杀。"

安德忽闪着眼睛,看着吹牛皮的胖子,和嫣然一笑的莱交换了个眼色,什么也没说。

达尔·亭说:"我也来给你们讲一件事吧。现在我给你们讲的事,是我坐在这间谈心室里、我的工作桌前、这扇打开的窗户旁边,亲眼看见的。这件事引起人的深思。对每一个细节,我都能保证。不过,我预先告诉你们:不准要求我做任何解释,你们自己琢磨去吧!

"我已经跟你们说了,今天早晨,我坐在打开的窗前写东西。我从纸上抬起头来,注意到一只燕子。你们看,是一对燕子,在对过房檐下做了个窝。窗外面已经做好了,燕子开始衔羽毛和绒毛等来垫窝。好像这些材料都是公燕子衔来的,母燕子待在窝里,按照它自己的心愿布置。不过,从外表来看,是分不出公母的,所以没法证明是不是这样。其实,这对我的故事关系不太大。

"我看见公燕子(我就叫它公燕子吧!)衔来一片大白绒毛,用爪子钩住窝口,想把绒毛递给从窝里探出头来的母燕子。

"早晨,风很大,公燕子没能把它找到的绒毛递给母燕子:绒毛被风夺走,刮到屋顶上面去了。

"公燕子立刻扑过去捉它。轻飘飘的绒毛在空中荡漾了两下,被公燕子捉住了,公燕子又衔着它回到窝口。

"如果鸟类有脑子的话,公燕子应该接受它失败的教训,这次再把绒毛递给母燕子时,应该当心点。可是,它甚至没有等母燕子伸过头来,就把它那轻飘飘的货物往窝里一塞。当然,绒毛马上又被一阵大风吹跑了。

"一切又从头重复了一遍:绒毛被风往上一吹扬,就被刮跑了。公燕子追过去,动作灵巧地边飞边把它捉到了。

"这时,发生了一件事,我就是为了这,才给你们讲这个小故事的。

"公燕子没有衔着它捉到的绒毛回到窝前去,却忽然急遽地往上飞起,在房屋上面绕了一圈,然后又降低,从这个水洼旁掠过——这个水洼是昨夜一场大雨在我的窗外留下的。这水洼边上,有别的燕子挖出一小团一小团的湿泥,衔回去做窝了。

"公燕子不是为这个目的到这儿来的。它把绒毛往水洼里蘸了一下,然后衔着它展翅向母燕子飞去。

"这回,它顺利地把自己变重的货物交给女主人了。

"这就是我要给你们讲的故事。"

"是的,"安德沉思地说,"丹麦王子哈姆雷特说过:'朋友高拉齐奥，世界上有许多连我们的圣贤做梦都没想到的事。'我们苏联伟大的巴甫洛夫研究所的一位著名鸟类学家说过，每一只鸟，除了一般行为（反射性的行为）以外，还有许多跟一般行为不太一样的个别行为。鸟类会在一定的地方、一定的情况下，积累自己的生活经验。不这样，它们就不能生存。"

"什么一般行为，和一般行为不太一样的个别行为，"咪指责他说，"别那么咬文嚼字行不行？达尔·亭，关于鸟的智慧，您的意见怎么样呢？"

"我不知道。"达尔·亭笑眯眯地说。

倔强的小蛤蟆

"有时候，平常在生活里几乎从来不见面的、完全不同的动物，出人意料地建立起友谊——这种情形才叫人惊奇呢，不同种类的动物的友谊。今天我看见一件非常有意思的事。

"你们记得吗，今儿早晨有多冷！正像天气预报所说的那样：'地面微冻。'天刚亮，我就到树林里去了，到9点钟，已经冻得够呛，决定快点回家来暖和暖和。走过采伐过的那块地的时候，看见一只鹀鸟，嘴里衔着食物。我心想：'得盯一下梢，看它往哪儿飞。'我一动也不动地站在灌木后面。它没有待多久，向林边飞去了，不到林边，就往白桦树墩旁的草丛里一钻。过了一分来钟，又飞出来了，嘴里已经不再衔着东西。

"'啊哈！'我心想，'全明白了！'我走到树墩旁边去，那儿地上有一个鸟窝。这窝安置得有意思极了：在一个大木耳底下，好像在一座屋顶下一样。

"我弯腰一看：嗬，真叫怪事儿！窝里有四只光溜溜没有毛的雏鸟，和它们一起的，还有一只……蛤蟆，一只普通的咖啡色草蛙。它蹲在那里头，用身子遮住雏鸟，两只眼睛瞪着我。

"我当然把它从窝里拿了出来——别把雏鸟压死了——拿出来扔在草丛里。当我仔细研究雏鸟的时候，它又回来了，一跳，两跳，一直跳进窝里。

"我怪打抱不平的。我说：'你怎么着，疯了吗？谁瞧见过蛤蟆待在鸟窝里的！马上出去！'

"我把它抓起来，送到远一些的地方去，离开窝大概有二十来步。

"我说：'你待在这儿吧！'我自己又回到树墩前面，画那个有木耳屋顶的鸟窝。

"我站在那儿，往笔记本上画画儿，过了大概三分钟。一看，小蛤蟆又来了！它蛮有把握地一直朝鸟窝跳过来，一跳，两跳，就跳进窝里。等我走过去的时候，两只鹡鸟——鹡鸟爸爸和鹡鸟妈妈——都飞来了，在周围绕着飞，叽叽喳喳乱叫，惊慌得要命。唔，我赶紧把鸟窝画下来，就走开了。"

"把蛤蟆留在窝里啦？"良惊叫起来。

"留在窝里了，"莱说，"我这么想：鹡鸟头一次飞来喂孩子的时候，没发慌吧？没发慌，虽然小蛤蟆已经待在窝里。我离开鸟窝，从远处观察它。虽然我把小蛤蟆留在窝里，可是它们马上不叫了。这样看来,惊扰了它们的是我,不是蛤蟆。让它们自己相处吧。天晓得——也许鹨鸟是出于怜悯心,把蛤蟆放进窝里去了——让它在雏鸟身边取取暖。"

这,当然是莱在开玩笑。

林鼷鼠自杀

"看哪,看哪!"良开会来晚了,跑进谈心室时,一边跑,一边嚷,"我找到一只上吊的林鼷鼠!"她说着,拎着一只黄脖子林鼷鼠的尾巴,把它举到头上。

少年哥伦布们把良团团围住,七嘴八舌地问她:"怎么会这样的?在哪儿?可怜的家伙!怎么会上吊的?是自杀吗?你有把握是自杀吗?"

"怎么没把握!就在树林里,杨梅山旁边,吊在一棵柳树的分叉当中!"良回答,"它干吗跑到那儿去呢?跑到灌木上去!它用得着爬到那上面去吗?当然是饿得上了树:瞧,多瘦呀!简直是瘦得可怕!"

"请给我看看,"达尔·亭要求她,"拿到这儿来。"

良把林鼷鼠给他放在桌子上。

"小怪物！"达尔·亭把这只小兽仔细瞧了一番后,说,"第一,它不是瘦,是个鼠干儿。应该说,它在灌木枝上已经挂了两个来月——从春天起,就挂在那儿——受到风吹日晒,成了鼠干儿了。不错,皮上一个伤口也没有,也没有别的横死的痕迹。这就叫人自然而然地想到自杀。实际上它就是只自杀的林鼷鼠。"

　　"我不是说了吗？"良打断了他的话,"春天,林鼷鼠闹饥荒……"

　　"第二怎么呢？"执拗的莱问达尔·亭。

　　"什么第二呀？"达尔·亭惊异地问道。

　　"您不是说'第一,它是个鼠干儿'吗？那么,第二怎么呢？"

　　"啊——啊！对的！第二,林鼷鼠是不会饿得上吊的。第三,飞禽走兽,或其他动物,都不可能特意去自杀:在地球上,可以说这是人类的特权。对于动物说来,这个意识活动太复杂了。"

　　"可这只林鼷鼠毕竟是吊死的,"莱坚持说,"不是您自己说它是自杀的吗？"

　　"当然是无意识的自杀。在西伯利亚北方,这种现象很普遍。在那儿的杨树和柳树上,百来个上吊的林鼷鼠不算稀奇。春天,在融雪天以后,灌木枝子上结冰,你们知道:林鼷鼠不大会爬树,它们常常从树枝上掉下来,如果下面有分叉,它们的头卡在分叉里,再也拔不出来了。在这个时期,它们爬到杨树上去,吃杨树的芽、苞和花。"

　　诗人拉甫低声细气地问道:

　　"您说,世界上除了人类以外,没有任何生物会自杀。有这样的故事:一个残酷无情的射手,射死一只白母天鹅;公天鹅一下子升到天空,从云霄向地面一头撞下来——失掉了母天鹅,它就不想活了。

那么，这故事怎么解释呢？"

"一个非常动人的传说，"达尔·亭说，"不过，钟情的天鹅的举动，纯粹是人类的举动。有些鸟，公鸟对母鸟非常依恋，非常深情。许多鸟——特别是天鹅——的夫妻关系，一生不改变。这还不说，如果一只鸟失去伴侣，它就会憔悴而死，这种事也是有的。不过，鸟类是和我们人类完全不同的生物，何必把我们所特有的心理，加在鸟类身上呢？我深信不疑：无论哪一种动物，都不可能有意识地去自杀。这个故事是瞎说。"

不平凡的雷雨

一片黑黝黝的乌云，在低空从那一头移来了——那边，从离这里约30千米远的地方，不时有低低的汽笛声，传到我们的耳朵里来。莫斯科—列宁格勒铁路就是穿过那里。乌云正慢慢向列宁格勒涌去。

我们在树林深处听到第一声雷响，等我们走到树林边时，下起了瓢泼大雨。跑回家去，是不可想象的：在我们和村庄之间，有一片田野。

"可惜我没把游泳衣带来！"咪说，"这会儿，可以好好洗个澡哩！"

我们几个人——朵、莱、咪、我（拉甫），还有沃甫克，都清清楚楚地知道，雷雨的时候，不可以躲在云杉下。在树林里，闪电最容易击中的是高大的有尖梢的云杉。大雨点会穿过杨树、白桦和松树的枝叶，可是躲在巨大的云杉下，就像待在帐篷里一样，于是我们都躲在小路旁一棵云杉下了。

我们的头上，没有雷声，只下着大雨。可是地平线上在发生可怕的事情。那儿不时闪着电，它们很像用金属丝盘成的粗火绳。不过，顶特别的是，这些可怕的闪电不是从乌云里向地里打来，而是从地里往天上打。我们几个人从来没看见过这种奇怪的闪电。我们只是默不作声地你望我、我望你，心想：莫非天和地倒了个儿……远远地，打着闷雷，好像一切顶稀罕、顶料想不到的事，现在立刻会发生似的。

果然发生了。

这是打哪儿来的呢？——我们谁也没注意到。反正我们几个人一下子看见，在林间小路那一头的一根直溜溜的松树枝上，离我们也就40来步远吧，有个一闪一闪放光的怪圆球，有小孩儿脑袋那么大。这是个白晃晃的火球，一个神秘的火球，完全不知道来自何处，因此叫人感到毛骨悚然。

"不要动！"莱用怪可怕的低声吓唬我们说，"它会滚到我们这边来的。"我们还往哪儿跑呢？我们都吓得手脚麻木了，可是，沃甫克忽然大声说："嗨，你们怕什么？我现在就跑过去，用树枝敲它一下，你们看怎么样？"

不晓得，他这是在咪面前装胆大呢，或是真能走到神秘的圆球跟前去。反正，就在这当口，圆球的光闪得更厉害了，它忽然离开树枝，慢慢吞吞地在空中浮游起来。它仿佛被烟囱抽出去似的，沿着林间小路飘去。我们心慌意乱地彼此拉住手，等待着——它马上会像炸弹似的轰隆隆、啪啦啦地爆炸吧，说不定会把我们炸死。岂知什么也没有爆炸。

我们眼看圆球变暗，闪光越来越弱，后来，圆球好像在空中融化了似的，根本不知去向。我们在云杉下面又站了一会儿，就跑回家去了。

闹了半天，瓢泼大雨早停了。

"不平凡的雷雨"的结尾

我们在谈心室里集合的时候，达尔·亭走到书架前，抽出一本小书——巴尔科夫的《自然地理手册》——大声朗读了下面这一段：

"闪电，是个别乌云层之间，以及乌云和大地之间的放电。

"闪电是由于微粒摩擦带电引起的。大雨点下落的时候，它们由于空气的阻力，变扁而分为较小的雨点。雨点都带阳电，空气带阴电。

"雨点继续落下，在上层乌云和下层乌云之间，在下层乌云和大地之间，发生电位差；有时，电位差很大，就发生放电现象，这种放电现象往往伴随着雷鸣。

"闪电有线状的，像条亮得耀眼的、有许多分叉的曲折线；有平的，没有一定的轮廓；有球状的。"

"我再告诉你们，"达尔·亭合上书，接着说，"闪电的方向跟大地与乌云之间充电的分布有关系。有阳闪电，阳闪电从带阳电的乌云向大地打过来；有阴闪电，阴闪电从大地向乌云打过去。这种'阴闪电'稀罕到什么程度，我可没法子告诉你们：我有生以来还是头一回看见……

　　"至于那个待在松树枝上的放光的圆球，最新的物理学假定把这种亮球解释为是穿过气体的火花所引起的。由于火花穿过，空气里发生各式各样的化学变化，形成氮。你们看到的可能是球状闪电，也可能是圣艾尔摩之火。这是个中世纪的名称，来自意大利的圣艾尔摩教堂。不知为什么，在这座教堂的塔尖上，常常有这种火球燃烧起来，吓唬信教的人。

　　"球状闪电有时候带一阵噼啪崩裂声。既然你们看见的火球消失的时候，只发出了刚刚可以听到的噼啪声，那么你们看到的，一定是圣艾尔摩之火。

　　"我得向你们道喜呢，不是每个人都能看见这种美妙的现象，有些人一辈子也看不到。"

怪　物

　　良是头一个醒的，那时天蒙蒙亮。她怕吵醒别的女孩子，跳下床来，不出声地轻轻打开了窗户。

　　悦人的晨光扑到她脸上，她感到特别的舒畅。晨光像浪涛似的滚滚而来，照耀着四周。心地善良的良感觉到，阳光会立刻充满整个大地，到处会被它的金光照耀，所有的阴影都将消失，四面八方将变

　少儿科普名人名著书系

得光明。她想起普希金的两句诗："欢迎你，太阳！黑暗将隐退！"这一刹那（也说不定这只是她恍恍惚惚的感觉），在还没有消散的晨曦里，在她的头顶上，有一些移动得很快的黑影一闪而过。她望望下面的院子，那儿也有条灰色带黑点的影子在移动，像一条粗粗的长蛇。可是，过了片刻，她就明白了，这是从门廊台阶底下钻出来的一个鸡貂家庭——前面是一只大鸡貂，后面跟着一串（三只）小鸡貂，它们不慌不忙地走着。它们的灰色毛皮，和晨曦融为一色，用肉眼几乎看不清，要不是良预先在少年自然科学家小组里看惯了一只驯养的鸡貂，她一定看不出那是什么野兽。在完全天亮前的静寂里，没有一点窸窣声，胆小的良忽然觉得在她面前，不论是在空中，或是在地上，都有一些无形体的黑影，在逃避那迅速明亮起来的阳光。

四只鸡貂无声无息地穿过院子，钻到小板棚的地板底下去了。

之后，过了不大一会儿，太阳就从地平线上露出头顶，向大好世界射出耀眼的光芒，于是，拂晓时看见的那些黑影都不见了。朵、莱、咪和茜开始闹哄哄地穿衣起床。到喝早茶的时候，良才想起拂晓时她看到的那些黑影。

"姑娘们，我给你们讲一件事情，"听完良的故事后，判断力强的莱马上明白了，"大概本来在我们门廊台阶底下，有个母鸡貂的窝，今儿早晨，它把小鸡貂带到小板棚下面去了。得求男孩子们去看看小板棚底下和门廊台阶底下。"

"我想，这个村庄里，不知道有多少只鸡被这个鸡貂家庭害死了，"女画家茜说，"奇怪，为什么我们这儿的女主人没有向我们抱怨，骂这些强盗呢？"

当天早晨，沃甫克和柯尔克仔仔细细地检查了女孩子们住的那所房子的门廊下，在那里面找到一团烂布和绒毛，显然就是鸡貂的窝。但是，在小板棚底下，他们没有发现鸡貂去过的任何痕迹。大概，母鸡貂把它的孩子们带到远一些的地方去了。

他们去问女主人，女主人说，她从来没丢过鸡。只有一只鸡，是她眼瞧着被大猫头鹰叼去的，不过，这也该怪女主人自己——头天晚上，她把这只鸡从鸡窝里拿出来，给它缠裹受伤的腿，晚上，天都快黑了，才把它放到院子里去。这时，鸡就被从村庄上面飞过的一只猫头鹰抓走了。

"现在，叫我把捕兽夹子放在哪儿，去捉这几只鬼东西呢？"沃甫克犹疑不决地说，"糟糕的是，这正是一种正常的现象：鸡貂不在它生养小鸡貂的那个环境里偷鸡。我在书里看到过。白鼬不伤害住在它邻近的鸟，狼不在它自己的窝附近吃牲口。这是它们的规矩，大概是为了不让人发现它们的窝。这种黑夜里才出来活动的土著，看你怎么去研究它们的生活和习性吧！连看见它们都难得要命。"

"可是，小鸟小兽睡觉的时候，大概还是提心吊胆的，"良说，"拉甫，你看过威尔斯的《时间机器》吗？记得么？那个故事里讲到，有一种有翅膀的小人儿，睡在花里面，半夜里，从地底下钻出一些可怕的怪物，会捉小人儿。我看那个故事的时候，都睡不着觉了。"

"这可就不明白了,有什么可怕的呢?"拉甫奇怪地说,"唔,不过,你是有名的胆小鬼,连雷雨都怕。"

这样的天气预测可靠不可靠

预　　兆

听来的话	三思后作出的结论
晚上牛群回栏的时候，如果浅色牛领头儿，明天是晴天；深色牛领头儿，明天定下雨。	牛群不是气象局。天气跟牛没有关系。 　　打倒所有这种愚蠢的谣言！

根据朝霞和晚霞来预测明天的天气

听来的话	三思后作出的结论
如果日落时分天空晴朗无云，风停息，露水多，远方烟雾腾腾，夕阳西	一夜之间，天空可能被乌云笼罩；通常是在日出时起风(清晨的微风)，微

听来的话	三思后作出的结论
下之处绿光荧荧,晚霞是淡黄色的、金黄色的或粉红色的,明天定是晴天。	风可能转变为风暴;太阳一出,露水就蒸发了,变为雨云;远方可能只是尘土弥漫;如果白天是晴天,傍晚北方天空往往发绿光,而不是在晴天之前发绿光;晚霞的颜色和下层空气有关,而下层空气的情况,在一夜之间可能向恶化的方向转变。
如果日落时,夕阳非常红,有的人说,明天是晴天;有的人说,明天要起风;有的人说,明天要下雨。	预测的意见这样分歧——这种情况本身已说明,红色的、绛红色的和紫红色的夕阳,从好天儿到刮大风、下大雨,都可能预测天气。说得更确切一些:它什么也不能预测。
如果夕阳落入乌云,日落时分风大起来,天黑后不下露水,天空变得像酸奶油似的,月亮朦朦胧胧,明天定是下雨天。 从"潮湿角落"涌来了乌云。	一夜之间,乌云可能消散;天亮前,风可能停下来;如果白天阴天,晚上也可能不下露水;酸奶油似的卷层云的出现,的确能说明要变天了,因为它们总是在刮大暴风以前出现(参看后面),但是,并非每一次大暴风都立刻带来雨雪。初升月亮的朦胧,和晚霞的颜色一样,也是跟空气的状况有关系的,空气的状况也可能向好的方面改变。苏联的"潮湿角落"在西南的北俄罗斯和中俄罗斯。阴雨大多是从那里转移到我们这边来的。

根据植物来预测天气

听来的话	三思后作出的结论
三叶草白天把它的小叶子合起来，把小脑袋耷拉下去。 　　蒲公英把它的绒球都合起来，所有的花的气味都变得更浓——说明要下雨。	植物感觉到空气里充满水分，就把小叶子、花和质体其他娇嫩部分合起来，这样来应付过分的潮湿。水蒸气上升，形成带雨的云，从云里可能落下雨或冰雹来。
在阴天下雨之前，阔叶树林窸窸窣窣地响。	大树的树梢被风一吹，就窸窸窣窣地响，这时下面还觉不出风来，有时，这便是暴风雨的先兆。
在雷索沃村一位集体农庄庄员家的院子里，有这样一个用长云杉树枝做的"天气预报表"。	干树枝是一种湿度器。它用气孔吸足水蒸气之后，紧绷起来，于是它那根没有钉牢的一端，就翘起来了；天气干燥的时候，那端就下垂。不如上面写上"潮湿"两字，下面写上"干燥"两字。
朵用小稻草棍儿给自己做了这样一个玩意儿，称它是天气预报器。	一端劈开的小稻草棍儿，当空气里湿度增加的时候，就合拢；在干燥的时候，就开叉。朵用这个方法来预测，天将下雨(也许会下)，或天晴。

根据动物的行为来预测天气

听来的话	三思后作出的结论
以下情况预测晴天： 　　燕子飞得很高，蚊群聚集成一根大柱子似的飞舞着，苍蝇在屋子里嗡嗡地叫，蜘蛛到处结网，吊在蛛丝上飞来飞去。 　　许许多多的蛤蟆从草丛往水里跳。 　　水蛭躺在水底。	燕子在陆地和水的上空飞翔，捕捉昆虫。会飞的昆虫翅膀上的娇嫩的纤毛，很容易吸收空气中的水分，吸收了水分，翅膀就变重了，于是昆虫就向地面降落。天气干燥时，蚊蝇等嗡嗡地叫着，飞得很高。燕子跟着它们飞到高处去。蜘蛛为了捕捉昆虫，到处结网。秋天，小蜘蛛利用干燥的微风，吊在蜘蛛丝上，移居到各处去。蛤蟆的皮肤总是湿润的，如果干了，它们就要往水里跳。好天儿，水蛭在水里安安静静的，它们感觉到那里面很舒服。

以下情况预测要下雨：

　　蚂蚁把蚂蚁洞洞口堵塞上，蜘蛛都躲藏得不见了。

　　燕子挨近地面飞来飞去，鱼"玩把戏"，从水里往外蹿高，蛤蟆从水里往陆地上跳，水蛭从水里向外探头，蚊蝇在陆地和水面上空飞。

　　据我们的观察，还可以说，在干燥的好天儿，烟囱里的烟像柱子似的向天空上升；天气潮湿时，烟向旁边冒，或下降到地面，一缕缕地在地面弥漫。

　　蚂蚁感觉到空气里充满水分，它们不让水分侵入蚂蚁窝里，打湿娇弱的蚂蚁蛹，因此把洞口堵起来。毛茸茸的蜘蛛也藏到洞里和隐蔽处去，躲避潮气。

　　燕子降到下面来捕捉翅膀变重的昆虫。鱼儿从水里跳出来捉虫吃。蛤蟆在潮湿的草丛里很舒服。下雨时，水蛭在水外也很舒服。蚊蝇和其他会飞的昆虫，翅膀潮湿后，就飞不高了。

我们少年哥伦布们在向迷信、不正确的先兆和荒唐可笑的天气预测作斗争的时候，做了这样一些记录。

我们把上面所说的那些先兆详细讨论了一下，得到这样的结论：其中大多数，都不能有把握地用来预测明天，或更近些时候的天气，而只能用来证明当时的天气"好"——晴朗、干燥、无风，或者天气"不好"——空气潮湿，或者已经在下雨、下冰雹，气温在下降，风在变大，云在聚拢……燕子根本不是为了明天要下雨，才挨近地面捕虫，而只是因为它们需要吃东西，它们的食物——有翅膀的昆虫——都在下面。夜里聚集为云的水蒸气，可能落到地上来，也可能从我们观察的那个地方飘走，飘到远方去。那么，第二天，我们这儿就根本不会下雨，而是相反的，整天都会炎热无云。

那么，是不是可以根据这些作出结论说：这些先兆一个子儿也不值？绝不可以，绝不可以！因为某些先兆是相符的。有许多民间的先兆，是以百年、千年的观察为根据的，因此，在否定它们以前，我们应该把每一个都核对许多次。要知道，至今我们的学者们还没有大规模核对过这些先兆。其实这工作可以委托气象站的观察者去做，在我国和许多其他国家，气象站像一张密网似的分布各处。

在"轻洋"的底上，一位大胆匿名诗人的科学探求

在预测明天天气的时候，得记牢，我们是住在"轻洋"的底上。现在先谈谈这个名字的由来。

我们给它取这样一个名字，并非因为它很轻。要知道，太平洋之所以叫作太平洋，完全不因为它里面的水经常是平平静静的，波浪小，水流非常慢。太平洋的浪涛要是汹涌起来，可了不得！

我们居住的洋是相对很轻的。大家都知道，普通海洋的水1立方米重98000牛顿；那么，我们全世界的"轻洋"里特殊"水"的重力，只等于它的1/770。不过(根据学者们的计算)，我们居住的洋，对整个地球表面的压力，仍约等于50300000亿牛顿。你能想象出这样大的重力吗？我要悄悄告诉你们，如果你张开手掌，它对你手掌的压力等于1500牛顿——这是两个壮实男子的体重。重不重？真叫重！要不是自然安排得那样巧妙——它从我们的体内，也以和外面相等的压力压迫我们的手掌的话，这样的重力会立刻把手压成肉饼……

就因为这个缘故，所以我们居住的洋的"水"，轻到完全没有重力的程度。何况它通常总是透明的呢！因此，我们根本感觉不到它，于是把它忘记了。在它里面飘浮，不比在海水上漂浮差呢！不过，不是水手，而是飞机驾驶员。

你们当然早已猜了出来，所谓"轻洋"，就是包围着整个地球的大气层，所谓它里面的"轻"水，就是空气。全世界的空气海洋非常深，说得确切一些——非常高。光说密度顶大的，它下面的那一层(用科学术语来说——对流层)，就足足有10千米。就是这么厚厚的一层空气，对住在空气海洋底上的所有的人施加压力——从外面也施加压力，从里面也施加压力。

那么，天气是什么呢？天气，是时常改变流向的"轻洋"的涨潮和落潮，它那永无休止的运动的大小涡流。如果想预测天气，哪怕只是第二天的天气,也必须知道,现在在全世界的上空是什么情况：什么地方气压大一些,什么地方气压小一些;什么地方有太阳,什么地方阴天;什么地方冷,什么地方热;什么地方下雨,什么地方下雪……可我们根本不知道这些事。有无数气象站,分布在世界各地,但是只有气象局收到这种情报。

我们头上的"轻洋"的状况

天气和各式各样的原因有关：跟风有关,跟风向和风力有关;跟空气的温度和湿度有关;跟云量等有关。如果天气光是跟一种因素有关的话,那事情有多么简单呀！比方说,光是跟太阳有关。太阳,是我们地球绕它旋转和自转的起因,是地球上一切生命和各种运动的原因。

如果是这样,那可简单了：太阳出来,照暖了大地——我们这儿就天气晴朗,一切都很好。地球把另外一面朝着太阳,马上天上乌云密布,北冰洋一半都被冰封起来了。冬天,北冰洋不是被冰覆盖着吗？其余半年,南冰洋整个被冰覆盖着。这样,在我们这个半球上,整整一冬都会是天寒地冻。实际上却不是这样的。我们这儿,在仲冬时候,也会忽然有几个融雪天,就是夏天"轻洋"从上面被太阳晒热的程度,也还不及"轻洋"的底——被地球本身烤热的程度来得大。太阳光自由自在地穿过透明的空气,晒热我们的地球;等到太阳一落山,地球就开始很快地把它的热给予空气,地球仿佛"出汗"了——披上一滴滴的露水。在地球上空高一些的地方，水蒸气变为极小的水滴，构成雾；在更高一些的地方，变成云。云是什么？不外是盖在地球上面的被子，不让地球的热发散出去，是防守地球上舒适生活的前哨。不过，这些前哨可不大忠实。风把它们赶来赶去，它们自己也很乐意回到故乡地球上来。只要稍微变重一些，就作为雨、霰、冰雹或者雪，落到地球上来了。

记着，一刻也不要忘记，我们住在"轻洋"底上。这个洋，比我们所有的咸水海洋，都要大许多许多倍。"轻洋"没有岸，它经常在动，环绕全世界。它的底——就是我们在上面行走的地球——用难以想象的速度，在宇宙空间里运行，它的速度是 30 千米 / 秒；它围绕着想象中的轴自转，可以说时时刻刻从"轻洋"下面溜走。这个"轻洋"的脾气既古怪，又任性；在它的空气新鲜、温暖的地方，空气轻一些——如果它是潮湿的，充满了水蒸气，也就是说，密度比较小。"轻洋"连同它所有的小旋涡和占据广大面积的涡流的生活，服从极其复杂的物理定律。当我们想根据一些小小的征兆，来预测明天的天气时，难道我们考虑这些事情吗？我们上面所列举的那些征兆（大家都能一眼看到的征兆，例如诗人们所歌颂的粉红色晚霞；只有少数细心的观察者们才能看见的征兆，例如住在陆地上的小八脚蜘蛛的行动的反常）之中，好像只有一个最值得我们注意——那就是当"天空好像变成了酸奶油似的"，当高高的天空上出现色调柔和的卷层云的时候。我们已经说过，这的确可以预告很大的天气变化，甚至较长时间以后的天气变化，因为通常卷层云总是走在气旋的前面，预告气旋的临近。

气旋和反气旋

有些人以为"气旋"是很大的大风，像台风那样的风暴。有些人把它跟龙卷风混为一谈。其实除了都是转、转、转，围着自己打转以外，它们并无共同之点。

台风是一种顶大的风，在海洋里扬起巨大浪涛，把百年大树连根拔起，把房子的屋顶也掀下来刮走。这种风，只产生在热带，但是有时也会刮到中纬度地区。

龙卷风是一团范围狭窄的、空气的涡卷，会卷起地上的尘土和各种不重的东西；如果龙卷风经过大海、江河和湖沼，就卷起水和水里

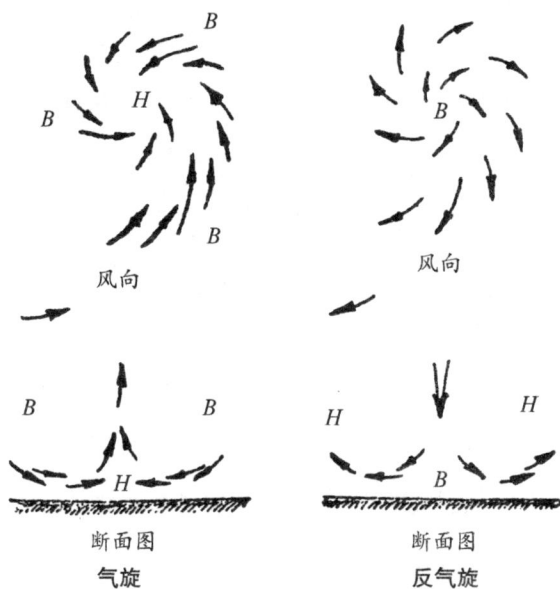

风向   风向

断面图   断面图
气旋   反气旋

面的各种小生物。龙卷风经过红色的沙漠时，会把红沙尘卷到自己里面去；龙卷风经过池塘时，会把蝌蚪、小鱼什么的卷到自己里面去。另外一团龙卷风从天上——从云里——向它伸出手来，或者不如说，垂下一个长鼻子。两团龙卷风对舞着它们的长鼻子，后来就合并成一根旋转的大柱子，从地上直通到天上。云把它整个裹起来，携带着它在天上驰游，到很远很远的地方——也许完全是另外一个国度——把一场带红沙尘的雨泼在黄色的田地上，或者把许多蝌蚪和小鱼倒在人们的头上。你试试看怎么预测"轻洋"的这种把戏。

不过，龙卷风是空气海洋生活中绝无仅有的稀罕事件，台风也是这样。气旋和反气旋经常产生。

气旋是极其广阔的气流的涡卷，这股气流的边缘上气压比较高，中间气压比较低。鱼找水深的地方，空气呢？空气找对它压力小的地方。你一压活塞，本来老老实实躲在唧筒里的空气，就会向唧筒出口冲去——那里没有压力。气流到了那广阔的地方，就像空气陀螺似的旋转起来。大地上空的这样一个巨大的空气陀螺（有时甚至直径几百千米），就是气旋。它的运动是螺旋式的，往逆时针方向旋转。

往相反的方向旋转，也就是往顺时针方向旋转的巨大空气陀螺，叫作反气旋。它中央的压力高。空气永远从压力较大的地方，向压力较小的方向流动。

我们把空气的流动叫作风。这么说，如果脸朝风站着，那么气旋的中心——低压地带——准在你背后，对吗？

地球也是个陀螺，在气旋下面以极快的速度从西向东转，像疯子似的在宇宙空间里绕太阳旋转。如果不是那样的话，当然就是如此了。如果脸朝风站着，把双手向左右伸开，那低压地带永远在你左手略前处，高压地带永远是在你右手略后处。在被气旋和反气旋占据着的广大空间里，刮着各种风向和各种风力的风。气象学——关于"轻洋"的科学——里的风速，通常是按下一节所介绍的标准来评定的。

给风打分数

风小的时候，它是我们的朋友。夏天，在炎热的中午，如果一点风也没有，我们会闷热得喘不上气来。平静无风，烟囱里的烟像根柱子似的向天空上升。风速不到每秒钟半米的时候，我们觉得一点风也没有——我们在我们的日记里记下 0 分。

软风的速度是 1~1.5 米/秒，或者 3.6~5.4 千米/小时——这是步行人的速度。刮微风的时候，从烟囱里冒出来的烟向一旁倾斜，我们觉得微风拂面，精神爽快。我们给微风打 1 分。

轻风的速度是 2~3 米/秒，或者约 7~11 千米/小时，也就是说，大约等于人跑的速度。刮轻风的时候，树上的叶子窸窸窣窣地响。我们在日记里给轻风打上 2 分。

微风的速度是 4~5 米/秒，或者 14.4~18 千米/小时。它使树木的细枝轻摇，愉快地推动纸折的小船。我们给它打 3 分。

和风——在气象学里，那种扬起道路上的尘土、摇晃树上的细枝、刮起大海里的波浪的风是和风。我们给和风打 4 分。

 少儿科普名人名著书系

劲风的速度是 9~10 米/秒,或者约 32~36 千米/小时。这大约是乌鸦飞的速度。劲风刮得树梢哗哗地响,细树干一摇一摇,浪涛翻花。蚊虫都刮得不见了。就是在大热天,刮劲风的时候也会凉快起来。我们给劲风打 5 分。

强风要开始胡闹了。它把晾在绳子上的衣服扔在地上,抢走人头上的帽子,给打排球的人捣乱,把球吹到一边去,不叫他们好好玩,把柔韧的树干推得大摇大摆。它的速度,大约和每小时跑 39~43 千米的火车一样。幸亏气象学家们用的是 12 分制,如果用我们学校里的 5 分制,就没有分数给它打了。我们只好给它打 6 分。

不过,以上这些,还只能比作小花。果实要到秋天才成熟呢。

疾风的速度为 13~15 米/秒,约 47~54 千米/小时。秋天往往刮这种风。它刮得电线呜呜地响,刮得树干弯成弧,刮得水沫从浪峰上扬起;刮这种风的时候,顶风走路走不动。它在日记里得的是 7 分。

大风的速度为 16~18 米/秒,约 57~64 千米/小时。这种风能吹断树枝,吹倒不牢固的树木、电线杆和整片的篱笆;在刮这种风的时候,走路都很困难。我们给这种风打 8 分。

烈风的速度为 19~21 米/秒,约 68~76 千米/小时。大强风吹走房上的瓦,吹掉烟囱上的砖,吹翻渔船。我们给这种风打 9 分。

狂风的速度为 22~25 米/秒,约 79~90 千米/小时。全强风把大树连根拔起,掀掉房顶。我们给这种风打 10 分。

暴风的速度是 26~29 米/秒,约 94~104 千米/小时,等于一只信鸽的全速。这种风能把人推倒,有很大的破坏性。我们给它评 11 分。

最后一种风——飓风,它的速度和苍鹰的速度一样:风速是 30

米/秒,或 30 米/秒以上,能造成巨大的破坏,给许多人带来死亡。我们给它打 12 分——这是我们最高一级分数。

在南极地带刮的风,风速是 60 米 / 秒。

气旋和反气旋里的天气

现在,我们接着讲关于气旋和反气旋的故事。

在苏联的欧洲部分,巨大空气陀螺的面积通常广达 800～1000 平方千米;这叫作气旋的空气陀螺里,充满各式各样风向和风力的风。在它的最中央,气压总是比较低;它的边缘,气压比较高。因此,各式各样风向的风从四面八方乱刮,而由于地球的自转,向逆时针方向偏倾。

它们用各种速度把各种云往这个方向吹送。上面已经说过,高高的卷层云是气旋临近的征候。像这样,面对风站立,断定了气压低的地带在我们的哪一面,确定了表面上看来仿佛不动的卷层云的出现,然后到谈心室里去看一看后,就可以相当有把握地测定,气旋是从哪儿、用什么速度在向我们接近。

你们要问:"到我们的谈心室里去看什么呢?"

很简单,在谈心室的墙上,挂着一只气压表——晴雨计。它圆圆的,像个大闹钟,不过只有一根指针。如果指针向时针转动的方向移动,说明气压在上升;如果指针向与时钟转动相反的方向移动,说明气压在降低。我们的少年森林生物学家们,往往在去树林以前,屈起手指头来轻轻敲敲晴雨表的玻璃。如果一敲，指针往右边一跳，他们就很高兴——不会下雨；如果指针往左边一跳，他们就垂头丧气地带上雨斗篷。

晴雨表也被当作预测天气的东西。它的标盘上写着"暴风雨、雨雪、时阴时晴、晴、干"。不过，用它的时候，脑子要灵活一些。当然，如果它的指针忽然向左猛跳了 10 度，那就等着下雨、雷雨或者暴风雨吧！如果它动得不猛，只是很缓和地向这边或那边移动，那就不能确定什么时候会怎么样了。

气压急剧降低，说明低压带——气旋的中央区——迅速接近。这就是说，风将刮来低而厚的乌云，会下雨或下冰雹，冬天会下雪。气旋像跳华尔兹舞似的旋转着，逐渐向前移动。通常，是用和慢车相等的速度移动：每小时移动 20~40 千米。在苏联的欧洲部分，它大多是从"湿角"——从西南方——出现。如果想精确地计算出，气旋什么时候走到我们所在的"轻洋"里的那块地方，必须知道，现在它的中央在哪儿，还必须知道气象局从全国各地收集来的许多补充材料。不过，有时候气旋会忽然在什么地方耽搁一下，做做客，然后再忽然向前冲去。

如果是气旋来了，就甭想有好天气：不止会下一场雨，如果是冬天的话，不止会下一场雪。气旋里面是阴沉沉的。

反气旋就是另外一码事了。晴雨表指针向时针转的方向移动，说明反气旋中心区——高压区——的临近。在反气旋的中心，永远是高而明朗的晴空，太阳明晃晃地照耀着，一片宁静。天空不会整个被乌云遮蔽起来。当在我们的头上的空气海洋里，当家做主的是反气旋的时候,大多是不会下久雨的。

云的格斗

一定得学会区别云、了解云。要知道,什么样的云携带来什么东西。估计出天空总的情况和风向、风力,有时就可以正确而恰如其分地预测天气。

我们上面已经说过,云是从地上蒸发的水分形成的一群水滴——轻的水蒸气升到天空去后,在那里冷却。在气旋里,在气压低的地方形成云;云形成后,像掉进窟窿去似的,向上,向气压更低的地方升去。在反气旋里,即使炎热时从地面上升的水蒸气形成云的话,云升到天上去后,也会消散。

在气旋里,热气团和冷气团扭在一起格斗。冷空气总是比暖空气重;那么,好像总是应该冷空气得胜,把暖空气挤到上面去吧?可是,有时候,在高压的大力压迫下,暖空气向冷空气迎头痛击,拼命排挤它,渐渐地战胜它。

暖 空 气　　　冷 空 气

丰富的降水量

"轻洋"里扭在一起格斗的热气团和冷气团之间的那个界线,气象学家们称作"界面",或者叫"锋"。如果温暖而潮湿的气流,在进攻的时候战胜寒流，把寒流排挤走，那个面就叫作"暖面"。在这种情况下，暖空气安静地一点一点升到冷空气的上面，战胜冷空气。你不妨常常把头抬起来，观察一下，这场战斗在怎样进行着。当然，"轻洋"里整个巨大气流，从一个地方是没法全部看到的，你只能看见天上巨人的一部分格斗情况。

你会看到，天空怎样远远地混浊起来：出现卷云，卷云怎样被卷层云所代替；卷层云又怎样被高层云所代替，高层云飘得那么高，落下来的雨水，不等落到地面，就蒸发了。高层云又被层积云和雨层云所代替。

可是，如果在你头上是冷面，也就是冷气团战胜了热气团，你就会看见天上是完全另外一种景象了。

沉重的冷气团进攻热气团的时候，好像用矛枪挑起敌人似的，迅速而猛烈地把它那分量很轻的敌人扬起来。这时会刮起狂风，下起骤雨。

在出现冷面的时候，你会看见远处有高层云。之后，从积雨云里会落下一阵雨来，泼在你头上；雨停后，先出现高积云，之后，出现卷积云。冷空气渐渐从下面——被地面——烤热，然后滚滚地向高空上升。

我们的"轻洋"就是这样经常地运动，它里面没有任何东西是直线运动的，一切立刻会形成小涡旋，小涡旋又立刻旋转起来，变成个大旋涡——气旋或者反气旋——在我们的头上迅速地跳着华尔兹舞，从右向左转，或者从左向右转。

气浪不问你我，

不知疲倦、

无休无止地

旋转在我们的头上。

在那个"轻洋"里，

有使我们愁闷的气旋。

不用等待黑夜降临，

就会洒下一场雨点。

上面所说的那些征兆，

吉祥的征兆，

诗人所歌颂的征兆，

都不能给它们定出道路。

　　得自己学会观察；得面对着风测量，低压带在我们的哪一方，高压带在我们的哪一方；得机智地利用晴雨表，得理解云，把自己所看到的那些征兆拿来互相比较一下，在预测明天的天气时，尽量不要说错。

　　有关"预测轻洋底上的天气"这一内容的科学探讨，就此结束了。

结　尾

　　拉甫写了一首诗，歌颂森林中的少年森林生物学家们。他想用这首诗来结束这本书。但是，柯尔克说：

　　"你是诗人，我是散文作家。你是个了不起的浪漫主义者，你的诗总是洋溢着一种有魅力的、童话般神秘的世界，被各种奇异的雾笼罩着的世界。我却是个冷静的现实主义者，我所看见的世界，太阳出来了，雾消散了，这时森林里的一切都可以用肉眼看清。我们用你的诗来结束这本书吧，不过，我得为这些诗写一些散文体裁的注解。你同意吗？"

　　"好呀，"拉甫说，"你写你的散文体裁的注解吧！这只会给我们的小书增添光彩。这就是我的诗：

　　　　森林里的少年哥伦布，
　　　　有锐敏的眼睛和耳朵，

对于他,没有平凡的事物,

从飞禽到苍蝇都是童话和秘密。

自己躲躲藏藏,却在观察周围。

这里刚才有过什么,

这里有个什么蹲在枝头。

——那里有奇迹,那里有林妖在徘徊。

鱼尾女妖坐在树枝上。

这里有谁的鼻子在地上拱了个洞……

草地上有蹄子的痕迹。

是什么又另外吸引了注意力?

小河里直翻腾,树叶间尖声啭啼,

树干间有什么在淘气。

好像老鼠在窸窸窣窣,影子般溜过,

消失在旁边的某个角落。

少年哥伦布整天动脑筋,

想思索出一个好结果。

森林里的少年哥伦布,

有敏锐的眼睛和耳朵。

世界上没有什么是偶然的,

奇异的秘密围绕着他的眼睛和耳朵。"

"这是我对于你的诗的粗浅的现实主义解释,"柯尔克说道,

"对于他,没有平凡的事物,
从飞禽到苍蝇都是童话和秘密。

"唔,飞禽——这是可以理解的——当然是童话。有时甚至要沉思,这些会飞会唱的生物,怎么会跟我们同住在一个行星上。至于苍蝇之所以是秘密,那是因为当你看见有一只红色翅膀的蝇子在灌木丛上面飞的时候,你不知道在那灌木后面有什么——有野兽啊,野兽尸体啊,还是别的什么。

自己躲躲藏藏,却在观察周围。

"当然,如果不学会连树枝也不碰响地躲在灌木后,不学会神不知鬼不觉地走到鸟兽跟前去,在树林里就会什么也看不见。

这里刚才有过什么,

"如果刚才有身体沉重的鸟或兽在这块地方玩耍过、打过架,或只是走过,可以从压倒的草慢慢竖立起来的情形看出这件事。

这里有个什么蹲在枝头。
——那里有奇迹,那里有林妖在徘徊。
鱼尾女妖坐在树枝上。

"这是从普希金诗里偷来的句子。

这里有谁的鼻子在地上拱了个洞……

"非常简单:洞也许是獾拱的,也许是野猪拱的。最近几年来,野猪繁殖得很快,在莫斯科、列宁格勒附近都有了这种野兽;在诺夫哥罗德州我们的'新大陆',也有了。

草地上有蹄子的痕迹。

"这可能是野猪。也可能是我们这儿个子不大的獐鹿。
"它们还是居住在我们的北方森林里。诗人所指的大概是弯腿獐鹿——以前在古希腊森林里居住的什么牧神。

是什么又另外吸引了注意力?

"没什么可奇怪的——一切你突然发现的新事物,都另外吸引你的注意力,把你的注意力从原来的东西上转移开。

小河里直翻腾,

"当一个猎人看见灌木下面的水上,不知哪儿来的一圈圈波纹时,他向另一个猎人说:'翻腾呢! 翻腾呢! '那可能是一只野鸭,可能是一只水䴎,也可能是一只什么别的动物。

树叶间尖声唼啼,

"如果叫得很响,像横笛一样,那大概是金莺。要么,是会唱歌的鸫鸟。

好像老鼠在窸窸窣窣,影子般溜过,

"当太阳高高地升到空中时,树林里到处是影子。你去试试搞明白从你身旁溜过、跑过、飞过的是什么东西吧!

消失在旁边的某个角落。

"当然是旁边的某个角落——它不会径直从你面前跑过去的。

少年哥伦布整天动脑筋,

"少年哥伦布是少年自然研究者,少年追踪者,用他的智慧探寻鸡貂、白鼬等,就像猎人用探棍寻找野兽一样。探棍是一种长铁棍儿,猎人用它往兽洞里探伸,看野兽在不在家。

想思索出一个好结果。

"思想当然有各式各样的:有把事实拿来相对照的思想,也有空想。诗人在此所讲的,明明是那种可以带来益处的思想——了解他所观察的事物的意义。

世界上没有什么是偶然的,

"这话一点儿也不错。

奇异的秘密围绕着他的眼睛和耳朵。

"这当然是'自由的诗意'了。"

后　记

　　20 世纪 50 年代初期，我曾经与苏联著名科普作家、儿童文学家维塔利·比安基通信，并互相寄赠礼物。

　　他给我寄来过几本他的代表作，如《森林报》《森林里的故事和童话》《追踪》等。

　　在那些书的封面下空白首页上，总是署有他和他夫人薇拉·比安基的名字。署名，估计是比安基夫人写的。维塔利的头一个俄文字母是 B，而薇拉的头一个俄文字母也是 B，于是署名就成了 B.比安基和 B.比安基。

　　后来，由于种种原因，我们的通信中断了。

　　1960 年初，我忽然又收到从苏联列宁格勒市寄来的一本书——维塔利·比安基的精彩著作《少年哥伦布》。

　　我翻起封面下的首面看时，只见赠书者的署名只有一个 B.比安基。书是 1959 年出版的，我没太注意这些细节。因为当时我正患急性肝炎,卧病在床,自顾不暇。

许多年后,我才得知,维塔利·比安基不幸已于1959年病故。比安基夫人寄给我的《少年哥伦布》可以说是这位生活极其丰富而又才气横溢的大作家的宝贵遗作。

《少年哥伦布》书中,描写了一群爱好自然的少年,立志要像哥伦布那样去发现自然界的"新大陆",也就是新事物。而对孩子们来说,其实他们所不知道、不了解的旧事物,也都是"新"的。

少年哥伦布们决定先到森林里去找。作者特别擅长描写动植物的生活与习性,于是他在书中用引人入胜的故事情节,介绍了许多飞禽走兽的特点,森林和它们之间的相互依赖关系等。语言轻松活泼,描写生动细腻。我想也只有像维塔利·比安基这样的作家才能写出这样的作品,因为不能不认为这位独具慧眼而独占鳌头的科学文艺作家的一生经历也确实与众不同。

维塔利·比安基于1894年出生在一个养鱼儿、鸟儿、乌龟、蜥蜴和蛇的家庭里,他的父亲是当时俄国的一位优秀的自然科学家,在俄国科学院动植物博物馆工作。

他们的家就在动植物博物馆对面,所以维塔利·比安基小时候常到那里去玩,去看罩在玻璃罩里的动植物的标本。

当维塔利·比安基长成一个少年时,他父亲每逢为了科研工作出去打猎时,总带他一起去,而且每次都告诉他所遇到的每一株小草和每一种飞禽走兽的名字,教给他怎样根据飞行时的姿态和模样儿来识别各种鸟类,怎样根据脚印来识别各种野兽。更重要的是,他父亲教会了他怎样详细记录对大自然的全部观察印象。

每年夏天，维塔利·比安基全家都到郊外、乡村或海边去居住。他们在那里捕捉昆虫，消灭害虫，在森林里散步，采蘑菇，喂野鸟、野兔、松鼠、野鹿等。这种生活给维塔利·比安基打下了极好的观察大自然和描写大自然的基础。

维塔利·比安基成年后，曾到乌拉尔和阿尔泰山一带旅行，他沿途记下所看到、听到和遇到的一切。27岁时，他已经积累了一大摞趣味盎然的日记。

他时常回忆起童年时代在动植物博物馆看到的情景。这边是两只小棕熊抱在一起打架，它们的熊哥哥蹲在旁边瞅着。熊妈妈躺在山坡上打瞌睡。那边是两只老虎，一只龇牙咧嘴地站在岩石上，另一只瞪着大眼睛站在岩石下，那副架势活像马上要朝对方猛扑上去似的。上面有一只老鹰，一动也不动地悬在半空里。不远处的草丛中，野鸭妈妈刚走出自己的巢，露出巢里的几个野鸭蛋。

那些动植物标本当然都罩在玻璃罩里。但当时的小维塔利·比安基却不相信它们都是死的，而是认为它们只不过是被某个魔法师"定"住了，如果能够学会解除魔法的咒语，就可以使那些有生命力的动植物苏醒过来。

当27岁的维塔利·比安基想起那些往事时，他决心当个作家，用艺术的语言，让世界上无数珍奇美丽的动植物，永远活生生地留在他的作品中。

于是他开始写作，写科学童话，写科学故事，写有关大自然、描写动植物的随笔和散文等。

他善于在最平常的事物中，发现别人看不见的新鲜东西。他一生大部分时间都消磨在大自然中。他随身总携带着望远镜、笔记本和猎枪，走遍了苏联一座又一座的森林。他在作品中教读者怎样睁开双眼，看清楚周围的大自然，教读者怎样观察、比较和思索，做个合格的追踪者和自然研究者。

他曾一再强调，人类必须了解大自然，热爱大自然，精心而合理地保护大自然。

我想，我们任何时候都不能忘记大自然对人类的重要性，因为我们的生态环境，包括气候、水源等，都是大自然的一部分。

我们只有了解大自然，热爱大自然，才能学会更好地管理大自然，而不让大自然不断地受到人为的盲目破坏。

王汶

2009 年 3 月于天津

“少儿科普名人名著”书系
入选国家新闻出版总署2009年(第六次)
向全国青少年推荐的百种优秀图书,
荣获第二届中国出版政府奖图书奖

图书在版编目(CIP)数据

少年哥伦布/（苏）维塔利·比安基著;王汶译.—武汉:长江少年儿童出版社,2021.7
(少儿科普名人名著书系:典藏版)
ISBN 978-7-5721-1747-3

Ⅰ.①少… Ⅱ.①维… ②王… Ⅲ.①儿童小说—长篇小说—苏联 Ⅳ.①I512.84

中国版本图书馆CIP数据核字(2021)第101141号

少年哥伦布｜少儿科普名人名著书系:典藏版

出品人/何龙　**选题策划**/何少华　傅篪　**责任编辑**/辜曦　**责任校对**/莫大伟
营销编辑/唐靓　**装帧设计**/武汉青禾园平面设计有限公司
出版发行/长江少年儿童出版社　**业务电话**/027-87679105
督印/邱刚　**印刷**/武汉中科兴业印务有限公司
经销/新华书店湖北发行所　**版次**/2021年7月第1版　**印次**/2021年7月第1次印刷
书号/ISBN 978-7-5721-1747-3
开本/680毫米×980毫米　1/16　**印张**/12.25　**定价**/28.00元

本书如有印装质量问题,可向承印厂调换。